中国好美文

守望花开

陈素云 著

内蒙古文化出版社

图书在版编目（CIP）数据

守望花开 / 陈素云著 . — 呼伦贝尔 : 内蒙古文化
出版社，2023.3

（中国好美文）

ISBN 978-7-5521-2169-8

Ⅰ . ①守… Ⅱ . ①陈… Ⅲ . ①散文集—中国—当代
Ⅳ . ① I267

中国版本图书馆 CIP 数据核字（2022）第 217901 号

守望花开

SHOUWANG HUAKAI

陈素云　著

责任编辑	白　鹭
封面设计	鸿儒文轩·末末美书

出版发行　内蒙古文化出版社
地　　址　呼伦贝尔市海拉尔区河东新春街4 – 3号
直销热线　0470 – 8241422　　**邮编**　021008

排版制作　北京鸿儒文轩文化传播有限公司
印刷装订　三河市华东印刷有限公司
开　　本　880mm×1230mm　1/32
字　　数　185千
印　　张　9.25
版　　次　2023年3月第1版
印　　次　2023年5月第1次印刷
书　　号　ISBN 978-7-5521-2169-8
定　　价　58.00元

有一种守望别样迷人

——陈素云散文集《守望花开》读稿

　　认识陈素云，是因为四年前《宝安日报》上的一篇散文，记得标题是《山里媳妇》。这篇文章写的是一个"外省媳妇"第一次回到夫家的见闻、体会，让我越读越感有趣，而文中这个"三佳村"，恰好是我们梅州客家山地里的一个村庄，读来无比熟悉——类似作者这种南北异地的"外省媳妇"，在我们那儿极为普遍，包括我太太，也是个"外省媳妇"，第一次跟我回老家的情形，与作者的切身体验可以说差不离；其次文章所涉地为我的家乡，风土人情，礼仪习俗，在作者的笔下可谓活灵活现。透过字里行间可以感受到，这位"外省媳妇"，是一个情感细腻、通情达理的人，突然来到一个陌生的客家山村，语言不通，条件不好，但是她不挑剔、不嫌弃，而是心存好奇，欣然接纳，努力融入。显然，这一点别的"外省媳妇"未必能够做到。正因如此，这篇文章给我留下较深的印象，为了确认"三佳村"在哪个县，我还特意上网搜索，模糊显示是梅州兴宁市所属，我又问了兴宁的朋友，说确实有个三佳村。

我记住了三佳村，却没有记住作者，因为是个陌生的名字。半年后，由宝安区文联主办、我们合众文艺社承办的第二届"'我在宝安，青春书写'读＋写计划"（非虚构写作培训）开班了，巧的是，《山里媳妇》的作者就在学员里，她叫陈素云。因为有这个阅读印象，感觉多了一份亲切。"'我在宝安，青春书写'读＋写计划"，是一个以培训为载体，集结区内青年文学爱好者开展读写训练的模式，学员有的已具备一定的写作基础，发表过作品，而有的是出于爱好，从来没有发表过文字。我们采取的也是个"松散"的教与学模式，有课程，有作业，有面授，有微课，但是不"考勤"，参加授课或提交练习作业，靠的是自觉。半年多的学期，陈素云全程参加了所有面授课、采风课，超额完成了作业，课程之外的一些讲座邀请，她几乎也全部参加。学员们愉快相处，大家也都喜欢这个热爱学习，也特别自律、谦虚的同学。陈素云本身是一位中学老师，繁忙的教学工作，加上家务，没有一定的毅力，没有坚定的信念，参加这样的培训活动是很难坚持下来的。培训活动结束两年多了，平时文联、作协或同学们组织的诸多活动，素云都尽量参加，甚至出力协助。

正如她为这部散文集命名《守望花开》，所有的坚持、勤勉、付出，都是一种"守望"。

这些年来，参加"'我在宝安，青春书写'读＋写计划"的学员们形成了一个互动密切的好友群，在互相的关注中不断成长进步，被誉为"宝安文学的生力军"，一些从未发表过作品的学员，发表了处女作，更多的学员开始收获坚持的果实。如素云同学，先后在全国打工文学大赛、深圳"睦邻文学奖"等知名赛事中获得佳绩，她的名字也渐渐被大家所熟悉。现在，她拿出了这本散文集，我从心底里感到赞许，也被书名中"守望"二字所感动。这是她的第二本散文集，可以想见，短短的几年里，这些文字是如何一篇篇日积月累而成册的。

从第一次读到的《山里媳妇》，到后来陈素云发表、获奖的一些作品，我都是熟悉的。她的文字并不华丽，却让人感到不一样的美，这种美源自不打折扣的诚恳和质朴，和她的为人一样，文如其人，显得那么统一。有道是，"散文和作者之间，最牢靠的关系就是真实"，这个"真实"，基于作者对生活的忠实记录，源自内心的真切表达，不然，虚浮的东西一不小心就在读者的眼里显露出来。正所谓，有的文章能够抓住人，让人读进去，获取感同身受的认同，而有的作品则因为太"假"，让读者觉得"味道不对"。在素云的作品中，这种真实感特别强，给读者的阅读体验，无疑会带来更多的"感同身受"。

《守望花开》以"人间至味""草木年华""回望故

园""生活体温""岁月留痕"五个模块，对录入的四十篇作品进行归类，这恰好也是大部分散文写作者习惯的分类模式。全书读完，每一个类别里，都有令人怦然心动的篇章，可以感受到陈素云文字耕耘的努力，透过这些文字，还可以看到一个热爱生活、教书育人、相夫教子、尊老爱幼的知性女子的影像。

"离开故乡后，生活在南国，我时常去吃一碗并不地道的油泼面、扯面、臊子面。我曾寻遍沙井大街小巷的陕西饭店，都没有找着'搅团'这种稀罕食物。天长日久，搅团成了一缕乡愁。曾经朴素如村姑的搅团，进城后变身了，难怪认不出来。我一口口品尝着城里的搅团，回味着儿时乡下的时光。"（《关中搅团》）家乡的饮食，成为一个外出者魂牵梦萦的事物，它不是味蕾的记忆，而是情感的牵挂。又如《清汤面》，写她离开家乡来深圳二十多年对面食的不舍情感，回忆寻找面食踪迹的点滴。这就是游子心中的乡愁——在陈素云的作品中，乡愁文字占了很大比重，可谓是把秦腔、秦岭，把面食带在路上，带到异乡。

"终于到家了，家里人热情招待我这个未来的外地媳妇，我依先生的口气喊公公婆婆'阿爸''阿妈'，公公婆婆非常开心。这是我第一次走进客家山村——三佳村，村子并不大，整个村庄的房屋都有一定的年代，看上去陈旧不堪，房子依山而建，有的在平地上，有的挨着山脚。村子有一条大路，通向村尾向山里延伸。我们的一层平房在祠堂的斜对面，来往的人都要经过。整个村子住户并不多，我们房子周围住户比较集中，另一条路旁的人家有些零散，东一家西一家，有的房屋在半坡上……有阿妈在，我感觉自己像是在山里长大的孩子，是山里的女儿。很多时候，我觉得自己是幸福的，虽然双亲早早地离开，上苍却为我安排了一对疼爱我的公婆，这是上苍对我的垂怜。"（《粤东三佳村》）从西北的秦岭女儿，到特区深圳的新移民，再到粤东山地的客家媳妇，所处地域的切换，在陈素云的笔下，不是身份的更迭，而是情感世界的扩展，是生活角色的增量。"三佳村"成为她现实世界和文学意境里的新场景，也是不同文化在个人的人生流动中产生的交集和碰撞，在她的书写中，构建成新的文化认同，特别诚恳，令人信服。

在陈素云近年的作品中，不能不谈到获得第四届全国打工文学大赛铜奖的《从流水线走向讲台》，以及获得第五届全国打工文学大赛金奖、深圳"睦邻文学奖"年度十佳的《被房号串起的日子》。这两篇作品全景式还原了她在深圳扎根发展，成才成长，安家落户的过程，个人融入时代洪流的选择与希冀，无怨无悔地努力，珍视每一个世俗细节，在平淡的日常中经营个人、家庭的幸福。作品发表、获奖，实至名归，也给我们提供了一个以热爱之名，探寻人生价值的样本。评委、读者们喜欢这两篇作品，一定是从中感受到了超越"励志"的别样意蕴和丰美的精神动力。

源于"'我在宝安，青春书写'读＋写计划"而建立的友谊和信任，素云请我给《守望花开》写序言，而我觉得自己并不合适，特别建议她请更合适的老师，但是真诚的她婉拒了我的建议。我只能领命，以粗浅的文字，表达祝贺的同时，分享友人的成果，并共勉前行。

郭海鸿

二〇二二年二月十九日

目 录

第一辑　人间至味

清汤面

在北方，吃面是件平常事儿，但生活在岭南的北方人想吃上一碗地地道道的面，实在不太容易，即使一碗清汤面，也常令人心心念念。

我生于陕西关中，主要靠吃面长大的。陕西人中午吃面，早晚喝稀饭啃馒头再加一碗凉拌浆水菜，祖祖辈辈都是这么过来的。在那个年代，一年到头也难见几块肉，即使是过年过节买了几斤肉，也是切成肉末做成臊子吃个三两月。没有肉，农家人也挺会想办法的，变着花样做面食：清汤面、糁子面、麻食、拌汤、饺子……看上去花样不少，但一年三百六十五天，大多仍以清汤面为主。清汤面在关中也叫"连汤面"，做起来比较简单，把手擀面切成宽面条，锅里倒一碗浆水菜，再加些新鲜野菜，清汤利水的，吃时再放些油泼辣子，提味又好看，面汤红盈盈的，挺惹人馋。

有时，若是家里要杀鸡，我头天晚上就兴奋得合不了眼，感觉像要过年，因为杀鸡那天会吃鸡肉煮馍。把烙饼掰成黄豆粒大小，和手撕的鸡肉一起煮，然后放些白菜、粉条，香喷喷的鸡肉煮馍就做成了。农户家清苦，一年到头仍会杀几只鸡，但杀猪就难得了，除非有人家里操办红白喜事。在我们老家，人们都觉得猪有灵性，杀猪的前一天得把它喂饱，且不能让猪听到自己就快挨刀了，否则它会流泪。那个年月，我们的吃食以面食为主，主要还是因为米饭较为稀罕，一年半载也难吃上一餐。现在想来，吃米饭挺有仪式感的。虽然母亲不会弄七大碟八大碗菜，但至少会整一锅烩菜。烩菜里有粉条、猪肉、白菜、豆腐，都是拌米饭最好的菜。那时我酷爱甜食，每次吃完一碗烩菜拌米饭后，还会再吃半碗白糖拌米饭。甜甜黏黏的米饭一直甜到心底，第二天打个嗝似乎都有回甘。对了，我们把米饭叫"捞饭"。

来深圳前，我一直觉得米饭是世界上最好吃的食物，而那白开水里捞出来的清汤面滋味实在寡淡。记得中学住校期间，许多同学都从家里带浆水菜或腌菜去学校，我却很少带菜，因为浆水菜我吃怕了，不如放一口醋。醋吃多了，就有同学叫我"干部嘴"，意思是爱挑食，这不将那不就的。

来深圳后，一日三餐都以米饭为主，偶尔吃点面条，像是点缀，也吃不出家乡的面味来。南方人的早餐也有馒头、包子，但肠粉、汤粉更常见。初来南方时，我挺喜欢吃南方的炒河粉、肠粉，觉得入口特别软和，渐渐就入乡随俗了，但若碰到一家陕西面馆，仍会两眼放光，像是偶遇亲人般兴奋不已。其实呢，深圳很少有人把面做成陕西味儿，我去吃，不过是想和陕西的老板唠唠陕西话。

和我先生谈朋友那会儿，我们每次去饭店吃饭常常吃不到一块儿。他爱吃米饭，我爱吃炒河粉，各自欢喜。河粉是用大米做的，形如面条，也算是爱屋及乌吧。陕西人到南方吃面会特别挑剔。南方的面条缺少弹性，佐料和配菜也不地道，入口的滋味一言难尽，不知是这里的水不行还是食材不对，反正呢，在南方即使是陕西人开的面馆，也难以做出家乡面的味道来。怀上儿子时，我尤其爱吃饺子、面条，儿子的口味似乎是从娘胎里带来的，生来对面食喜爱有加。

我在南方生活了二十多年，尽管难以吃到正宗的陕西面，但但凡我见过的面馆几乎都尝过，居处附近的每家面馆我都是常客。东北饺子馆的猪肉炖粉条、葱油饼、饺子是我的最爱，兰州拉面馆的炒刀削面让我念念不忘，"面点王"的肉夹馍、凉粉令人垂涎三尺。因我一直改不了饮食习惯，没少挨先生的批评，这个客家男人时常怼我道："你都来深圳二十多年了，为啥还不习惯吃米饭？人家许小萌她妈都习惯吃米饭了，你就作吧。"每当这时，我也不屑与他争辩，但有一次我实在忍不住了，便怼了回去："你都跟一个吃面的女人睡几十年了，为啥还改不了吃米饭的习惯？"这话确实有点蛮横，但若被一个陕西女人听到定不会觉得有多奇怪，因为陕西女人对家乡面食的感情有时真的比对丈夫还亲还深。《山海情》中有一句台词——"人的胃呀，4岁时就定型了"，我吃了二十多年的面，若想改，就先换掉我的胃吧。

当然，我也不是绝对怕吃米饭，在深圳，平时我们的饮食以米饭为主。每当我想包饺子或做面条时，先生总说太麻烦，显出不高兴的样子。可我实在难抗拒面条滋味的诱惑，偶尔用心做一顿，他却吃得很勉强，跟服药似的，让我突然就没了胃口。除了做面，平时我很少下厨，他做啥我吃啥。儿子住校时，我俩在家常常各自为乐，一个米饭扒得津津有味，一个端碗清汤面像是见到了老朋友。到了寒暑假，我和儿子中午变着花样吃面食，有时一顿做两顿的量，晚上继续吃剩面，却也依然当宝贝。

深圳的陕西人不多，大家见了面聊得最多的就是哪里又开了一家面馆，味道如何，像是故乡传来了好消息。在沙井大街有一家西北面庄，味道比较正宗，周末我常带儿子去，步行近半个小时就为吃一碗面。那家店的生意很红火，后来不知为何关门了，让我遗憾了好一阵子。儿子的学校附近也有一家面馆，不用说我是那儿的常客。我特别喜欢那儿的油泼扯面，在碗底放些黄豆芽，面上边是菠菜和辣椒面，每当听到把油泼在面上的"刺啦"一声时，我就有种莫名感动，仿佛那每一碗面里都盛满了乡情。此外，那家店的凉皮味道也挺不错，同事们也喜欢吃，有时大家一起叫七八份凉皮外卖，我想那老板心里定乐开了花。在南方还有一个著名的面食品牌——"面点王"，儿子小时候特别喜欢吃那儿的酱骨架。"面点王"的成功靠的是调和了大众口味，南北食客都能接受。

有一次，我和儿子去凤塘大道吃面，把车停在了饭店门口。儿子说："在这条路上的车要是被贴罚单，应该要一千块。"因儿子这句话，那顿饭我吃得十分不安，甚至有些后悔自己贪嘴，总是不时地转过头去看车。不过运气还好，那天居然没受罚，或许是因附近的交警都是喜欢吃面的北方人吧。

这些年里，每当我回到陕西老家，我嫂子都会做几顿地道的手擀面，让久居他乡的我过足面食瘾。每次去我姨家、我大姐家，也都能吃上一碗充满浓浓家乡味的面条。每每捧一碗面，我的心便立刻柔软起来，就不由得想起母亲做的面条。无论是清汤面还是干面，母亲做的面条总是那么可口、合胃。一碗家乡面，虽不及山珍海味那般名贵，却珍藏了我的许多记忆。沧海桑田，许多东西都淡忘了，唯有母亲做的面条让我回味不尽。父亲这一辈子无论走到哪儿都离不开面，即便是去赶集，也只吃一碗面。父亲对面的执着，像对故土一般，他常说，面是庄稼汉最好的食物。

沙井京基百纳广场有两家饭店让我满心欢喜，一家是四楼的"九毛九"，另一家是五楼电影院对面的"老西安"。"老西安"门口卖有许多秦腔脸谱，店内风格古朴，陕西味浓，生意红火，我常和儿子一起去。"九毛九"店内简约高雅，不但有面食，还有米饭、炒菜，我常和先生去这里。儿子上大学的几年里，我和先生每周五晚上都相约"九毛九"，一碟凉拌酸辣木耳、一碗炸酱面、一份水饺、一盘花菜、一碗米饭几乎是我们的标配。"九毛九"虽不及"老西安"面味正宗，但在这里能吃上饺子、面条，也挺让人满足的。这些年，我和先生的生日都在"九毛九"过，那儿有长寿面，只要九块九。

自从疫情席卷全球，各行各业都受到不同程度的影响，"九毛九"和"老西安"也双双关门了，这让我很难受，像是心上被刺了一刀。开始我还抱着侥幸心理，结果等了一周又一周、一月又一月，依然不营业。我一直想不明白，那两家店的生意曾经都挺红火，却因一场疫情而倒闭。后来，学校附近的那家面馆也变成巴蜀饭店，但那儿的一景一物仍那么熟悉。如今在沙井，我仅知道京基百纳北门的小巷子里有家"陕小二"，那儿的酸菜面和家乡的清汤面味道差不多，实在馋了，倒也能过过嘴瘾，但那儿的辣椒特别辣，若不小心放多了，吃时会直掉眼泪。

最近有次在"陕小二"吃面，我没放多少辣椒，但吃着吃着便想起了一些人和事，眼眶居然也润润的。

物离乡而亲。远离故土，有时即使吃上一碗不那么地道的清汤面，也是一种莫大的安慰。

关中搅团

在我的童年时期，关中农村生活物资匮乏，庄稼人整年在地里刨挖也难吃上一餐饱饭。一年中夏秋两季地里收成，端午前后收麦子，中秋前后收玉米，纯粹靠天吃饭。我们全家有八九口人，常年青黄不接。

那年月以吃粗粮为主，难吃到精细的小麦面馒头。为了调换口味，人们常用玉米面粉做成各种食物，"搅团"便是其中之一。搅团的主要成分是玉米面，在做法上变个花样便成了庄稼人赖以充饥的家常便饭。相传诸葛亮在陕西屯兵垦田时，因为久攻中原不下又不想撤退，而当时士兵清闲无事，便大力发展农业以保证军粮充足。时间一久，士兵吃腻了当地面食，时常想念家乡饭。为了调节士兵情绪，诸葛亮就发明了搅团，美其名曰"水围城"，深受士兵喜爱。

我的家乡把做搅团叫"打搅团"。打搅团是项技术活儿，有许多窍门。首先一般要两人合作，一人拉风箱烧火，一人搅搅团，我时常充当伙夫，母亲搅搅团。再者，烧火有一定讲究，有时需用大火，有时需用小火，火候把握好了搅团才筋道，且锅底不会被烧焦。我常因火候把握不准被母亲批评，母亲说我光是能吃，连烧火都不会。那时烧火是用柴火，水烧开时，母亲便站在锅前，把玉米面抖动着倒进锅里，左手拿碗，右手用擀面杖在锅里不停搅动。俗话说"搅团要好，搅上百搅"，使劲搅动时会消耗一定体力，力道和火候到了，且锅里也没有面疙瘩才算好。当锅里此起彼伏冒泡时，母亲便把擀面杖横在空中，仔细看擀面杖上垂挂下来的搅团以判断稀稠，当看到搅团向下流动不断线时才停止搅动，顺着锅沿倒一圈水，然后盖上锅盖等水烧开后用小火焖一会儿，最后用擀面杖搅拌均匀后便可出锅。

打好的搅团，说白了就是一锅"糨糊"。

我用小火焖搅团时，母亲便开始准备搅团的调料，家乡人管这叫"和水水"。母亲从浆水罐里舀一大勺浆水倒入盆里，兑些开水，再放些盐，然后在长柄铁勺里倒少量菜油，放在灶火上烧煎，随后把油泼进锅里，这时会听到"刺啦"一声，浆水汤酸香扑鼻。

揭开锅盖，蒸气弥漫，锅沿处生成一片片薄薄的锅巴，母亲专门将锅巴留给我。搅团吃起来比较简单，将已熟的搅团舀在碗里，浇上调好的"水水"，再夹一筷子炒韭菜，放些油泼辣子，直到碗里呈现出油汪汪、红盈盈、鲜绿绿的诱人色泽便可以吃了。在吃之前不能用筷子搅动，不然就混了。吃搅团千万别急，得用筷子一块一块地夹，可以囫囵咽下，因玉米面团经过调料浸泡已清滑可口。

待搅团全部出锅后，锅底常留有一层厚厚的锅巴，用麦秸火焖一会儿，锅巴便可以铲下来吃。黄亮黄亮的色泽，香脆可口，是娃娃们难得的"零食"。

搅团还有一种吃法，便是做成"鱼鱼"。在小锅里倒入半锅凉水后，准备好一个底部布满圆形眼儿的笊篱，把沸烫的搅团舀到大勺里，一边倒入笊篱，一边将笊篱慢慢绕着小锅转圈，此时搅团便从那些缝隙里溜下去，形成小指般粗细的线，抬高点线就变得细长，落低点线就变得稍微粗些。那些线就像一条条游动的小蝌蚪，农村人称之为"蛤蟆骨斗"，城里人称之为"鱼鱼"。随后用笊篱捞到碗里，浇些"水水"，放些油泼辣子，滑溜爽口，尤其在夏季，若吃上一碗"鱼鱼"，那可真是一种享受。如果爱吃"醋水水搅团"或"醋水水鱼鱼"，就提前和好"醋水水"，一样美味。从小喝惯了酸浆水的我，更偏爱"醋水水鱼鱼"。尽管我学过擀面、蒸馍，但我从未试过打搅团，在母亲看来，我粗枝大叶，要学会打搅团非常难。

父亲在世时特别喜吃搅团，他对搅团的感情像对秦腔一样执着。父亲一般用大碗吃，一边吃一边教我们如何吃搅团碗里才不会变混。每次看父亲吃饭，觉得他吃啥都香。父亲是从苦难年月里走过来的，从来舍不得浪费半粒粮食，每顿饭后总会把碗舔得干干净净，告诫我们一定要珍惜粮食。我觉得舔碗是一种极难堪的行为，我甚至对此有些不屑。记得我小时候也舔过碗，却没父亲舔得干净，更学不来他的样子，每次他舔碗时发出"嗞溜"几声后碗的模样便光洁如洗。

在外求学时，我一般在学校食堂吃饭，用自行车从家里驮一车麦子去学校换成粮票在食堂用餐。我一般早晚喝玉米糁子就着麦面馒头，中午多吃面食，偶尔吃上一顿米饭简直稀罕得不得了。周末回到家，母亲总觉得我在学校吃得不好，便从不打搅团，专做我爱吃的面食。从那时起，我就很少再吃搅团。

离开故乡后我一直生活在岭南，我在那里时常去吃并不地道的油泼面、扯面、臊子面。我曾寻遍沙井大街小巷的陕西饭馆，也没有找到搅团这种稀罕食物，天长日久，搅团便成了我的一缕乡愁。

前些年我去厦门旅行，老同学珺子用麦面搅团做成"鱼鱼"请我吃，那一次令我大饱口福，过足了嘴瘾。还有一年回关中，在老同学倩倩家吃过一碗"醋水水鱼鱼"，现在每当回想都会流口水。

不知何时，在我们关中搅团已被列入饭店的食谱之中，成了一道招牌美食。有一年我回故乡，舅舅请我在西安吃饭，我们点了各种小吃，其中就有一盘搅团。豆腐块大小的一块块搅团拢在一起，周围是一圈红红的辣子水，像一个红色的环。搅团上面撒有辣椒和青菜，很精致，看得人眼馋。起初我并不知道那就是搅团，后来一看到菜单，便顿时愕然了。曾经朴素如村姑的搅团在进城后就"变身"了，难怪认不出来。我一口口品尝着城里的搅团，回味着儿时在乡下的时光。

　　每次回家嫂子都变着花样为我做家乡的面食，饺子、撕扯面、炸油饼……根本轮不上吃搅团。记得前年在眉县街吃饭，各种小吃挑得我眼花，我恨不得把家乡所有的美食都尝一遍，可惜只长了一张嘴。而在广东长大的先生却到处找米饭，因为吃面食于他真是一种考验。几经找寻后，先生见到一门店前挂的牌子上写着"浆水鱼鱼，五元一碗"，便像是发现了新大陆，惊奇地说："这儿的鱼真便宜啊，才五块钱一碗。"

　　先生的这句话，多年后仍是我们的笑料。怪不得南方人去了北方不能问"睡觉一晚（水饺一碗）多少钱"，否则容易挨耳光。

麻　食

　　我从小爱吃麻食，麻食是我老家陕西周至的家常饭之一。北方人做起面食来常爱翻花样，麻食便是"花样"之一。

　　麻食也叫"猫耳朵"，其实就是一种呈枣核形状的面疙瘩，中间为空心，边缘向内卷，是关中地区有名的传统小吃，已有近千年历史。元代宫廷食谱《饮膳正要》中记载："秃秃麻食，一作手撇面，以面作之。羊肉炒后，用好肉汤下，炒葱，调和匀，下蒜醋香菜末。"

　　以前在老家，农闲时母亲常做麻食。做麻食首先要和面，面粉和凉水一起搅拌和成面团，之后反复揉搓，搓好后用笼布盖住，最后饧面约一小时，趁饧面时准备蔬菜。在那些年月，农村人都吃自家菜地里的菜，省钱又新鲜，把西红柿、韭菜、豆角、葱等一起炒熟，做成"下锅菜"，再放上自制的油泼辣子，就是一盘香喷喷的麻食。

小时候每每看到母亲在案板上搓麻食，我便掐下一小块她手中的面团，在一边学着搓。我不会做饭，只是在给母亲打打下手之余学会了搓麻食的手艺。这些年我远离故土，走过很多地方，吃过许多美食，却一直对家乡的麻食念念不忘，从小于南方生活的先生对麻食却不感兴趣。我心想他不吃也罢，可他总是有意无意间就把"麻食"说成"马屎"，让人好气又好笑。在饮食方面，儿子受我的影响较深，从小偏爱面食。每到暑假我们娘俩都会吃几顿麻食。

麻食可以做成烩麻食、炒麻食，还可以做成拌麻食。我和儿子经常吃拌麻食。无论哪种吃法，配菜一定要丰富多样。麻食是功夫饭，看似简单，做起来却很费精力。厨房灶台上，盘盘碗碗通常要摆上一大堆，黄花菜、木耳、土豆丁要先用清水泡，豆腐丁、花菜块、菠菜、粉丝、肉丁各放一碗，四季豆、豆芽各放一篮，西红柿、韭菜、胡萝卜、葱、香菜切好后拼盘放置，最后还得再备些蒜和生姜，呈现出红红绿绿、活色生香的样子。

蔬菜准备停当后，在锅中倒入油，然后将番茄、肉丁、木耳、香菇、土豆丁、胡萝卜丁等放入锅中炒熟，加入适量的水，再放盐、酱油、醋煮开调味，最后用小火慢炖。这时候，面团已基本饧好，最好再多揉一会儿，揉的时间越长面粉的筋性就越好，做出来的麻食也就越筋道。待面团光滑如玉时，切下一小块搓成筷子般粗的柱状长条。搓麻食时，左手握着柱状长条面块，右手在面块上揪指甲盖般大的面丁，然后用大拇指在笊篱上轻微摁一下面丁，并沿着力道往上一滚，最终面丁微卷，形似猫耳，麻食上笊篱的纹理清晰可见。此时将搓好的麻食放在案板一侧，并撒些干面粉以免粘连。

接下来就是煮麻食。待水烧开后，把搓好的麻食全部倒进锅里，这时麻食沉在水底，需用勺子搅一下以免粘锅。水沸腾后把豆芽、四季豆、粉丝放入锅里，加冷水再烧开，如此来回煮三四次，切记不能煮太久，不然没嚼劲。当看到水面上浮起一只只枣核似的面疙瘩，状如猫耳，色泽晶亮，便用笊篱把麻食和四季豆、豆芽一同捞起倒进瓷盆里，加入适量的盐、香油、五香粉，再把炒好的菜、炖好的汤汁一并倒进去搅拌，最后撒些葱花和香菜，顿时香味四溢。刚出锅的麻食口感筋道爽滑，吃时可再加上油泼辣子，面食香甜、汤汁醇厚，尚来不及细品就已狼吞虎咽下肚，饱餐一顿后那等淋漓畅快难以言喻！如果再煲上一锅排骨玉米汤，就更完美了。

家乡人爱吃麻食，有时又嫌搓麻食费事，于是创造了另一种吃法——"懒麻食"。其做法较为简单，将擀好的面切成指甲大小的菱形状后和着面粉揉搓成小面片。此法虽省时省力，但以小面片代替猫耳状的小面卷，当然不及细作麻食的口感好。

记得前些年同学聚会时，老同学在自家店里给我做了一碗砂锅烩麻食，麻食上红辣子配青菜，还漂了几根小麻花，让我念念不忘。沙井西环路附近有一家陕西面馆，我在那里吃过一次炒麻食，口感与老家的略有不同，但每次吃麻食的心情是一样的，至少，可以缓解我的乡愁。

客家酿三宝

提起客家人，很多人会想到其独特的茶文化，其实，客家的饮食文化更具特色。客家菜在粤菜中占有重要的一席之地。客家人最中意"酿"菜，比如酿黄粄、酿豆腐、酿苦瓜，这便是客家人餐桌上常见的"酿三宝"。

记得第一次去先生老家——梅州兴宁过年，每家饭桌上都有几道"酿菜"。那些酿菜色泽丰富、肉馅饱满，惹人喜爱。客家酿菜久负盛名。"酿"是客家话里的一个动词，有"植入馅料"之意，就是将荤菜夹到素菜里。

酿菜以煮、蒸、煎三种做法为主，据说源于北方饺子。客家先民来自中原，在中原人的风俗习惯里，逢年过节都要吃饺子才算圆满，而南方人向来以大米为主食，缺少面粉，于是人们只能就地取材，用身边盛产的各种食材当作饺子皮，把肉馅"酿"进去，从而形成五花八门的酿菜。

　　酿黄粄是岭东的传统小吃，也是客家人过年时的必备菜品之一。兴宁黄粄的制作技艺源远流长，始于宋元，发展于明清，兴盛于清末民国，是众多客家小吃中的珍品之一。黄粄是兴宁北部乡镇最出名的土特产，其制作流程精细，颇有讲究。

　　客家人把做黄粄叫"起黄粄"，黄粄制作的主要原料是禾米、粄苤树木灰及黄果子。首先需去山上寻找一种学名为"黄瑞木"的树，客家人称之为"粄苤树"。此树多生长在高山岭地。每到冬至前后，会经常看到人们在家门口烧这种树的枝干。粄苤树有大小之分，小粄苤树的树叶稍小而颜色深，碱味香浓，大粄苤树的树干粗，叶子大，木灰比较多，碱味也没那么香，因此人们一般选取小叶的粄苤树，将新生的粄苤树砍毕运回后，把树干烧至成灰，这便是酿黄粄最主要的原材料，这种纯天然的草木灰碱味是任何化学碱味都无法替代的。随后，用一块干净的布把草木灰包好，放进开水锅里煲，使草木灰充分溶解于水，然后把灰渣滤掉，再经沉淀制成浸米用的碱灰水。

　　对黄粄进行加工还需另一种材料——黄果子。每年秋季提前摘下黄果子晒干，起黄粄时把黄果子浸泡在水中数小时后再把黄果子水和制成的草木灰碱水混合在一起。同时，将适量的禾米淘净，放置在碱灰水中浸泡一夜。第二天，把浸泡过的禾米捞起，放进大锅里蒸两三个小时，待米饭熟后捞起做成粄团，晾晒至四十五度左右时，放入石臼中用长柄粄棰舂捣，将粄团捣成糊状，直至粄棰能完全挑起粄团脱离石臼时倒入竹篾制的簸筛，再抹上些许茶油并趁热掺平整，就这样，黄灿灿的黄粄便制成了。黄粄具有健脾消食的功效，可切成片，同鱿鱼丝、瘦肉丝、冬笋丝、蒜苗等一起爆炒，筋道而美味。有时，人们也把黄粄切成薄片当小吃，蘸以白糖或者酱油，也别有一番风味。

酿黄粄时，要先剁好猪肉馅，加入配料，切一大块黄粄蒸至软硬适宜时切成长约三厘米、宽约两厘米、厚约两厘米的小方块。酿黄粄时，左手握黄粄，右手拿一双筷子在黄粄中部轻轻一剪，拇指与食指共同用力，直到呈现出一个椭圆形的空隙时把肉馅植入黄粄中，然后放在油锅里煎成金黄色，再加入少许水炆透，最后拌些佐料，美味可口的黄粄就制成了。

每在过年前夕，平日里冷清的山村顿时格外热闹，终年在外谋生的客家人纷纷从四面八方往回赶。此时家家户户都会烧制粄灰，通常在祠堂门口的晒谷场上生起一堆堆篝火，孩子们围着火堆欢呼。起风时，草木灰像蝴蝶一样在空中飞舞，孩子们便伸出双手去接，而大人们一边烤火一边闲聊。祠堂里，女人们用力舂捣石臼里的粄团，这是项非常费力气的活儿，但她们看起来并不觉得累。我这个来自北方的客家媳妇，禁不住想上前体验一番，但粄团的黏性实在太强，粄棰表面似乎粘上了强力胶水，要费好大力气才能抽起来。

按照山里的习俗，出嫁后的女儿在正月回娘家，这一天娘家便会用黄粄作为回礼。我们家有几年没做黄粄了，反倒是姐妹们给我们准备，公公总会提前买回原料酿好。待我们回到老家，每顿饭都能吃上黄粄。

客家的酿豆腐同样远近闻名。记得我第一次吃酿豆腐，家人对我说："多吃些豆腐，豆腐好吃。"我心想：豆腐有啥好吃的，谁没吃过豆腐。但当我吃完第一块酿豆腐时，我就为自己之前的想法感到脸红。这里的酿豆腐口感鲜嫩香滑，和我从前吃过的豆腐真不一样。原来，客家人吃的豆腐有石膏豆腐、卤水豆腐，是用石膏粉或卤水作为凝固剂，做成的豆腐嫩度适中。不管是在节日还是平常日子，这道菜永远是客家人的最爱，回到家若不吃酿豆腐，感觉像是没回家一般。

做酿豆腐时，要先把水嫩的白豆腐切成火柴盒般大小，用筷子在豆腐中间一插，再随之一夹，划拉出一条细缝后用拇指、食指围拢，将豆腐前后稍微挤压，直到出现一个椭圆形窟窿，就用筷子夹起肉馅塞进豆腐里，豆腐顿时被撑得鼓胀。需注意的是，肉馅的量要恰到好处，少一分不够饱满，多一分则会把豆腐撑破。豆腐包裹肉馅，肉馅点缀豆腐，像一件精美的工艺品。

将酿好的豆腐用猪油把豆腐底面煎成金黄色，准备开餐时拿出瓦煲，里面淋上一层油，在底部垫些生菜、酸菜叶，最后将煎得半熟的豆腐一块块盘好，焖至白气弥漫时，再在豆腐上洒些盐水，再撒点胡椒粉，香气四溢时掀开瓦煲盖，此时白气缭绕，汤汁还在煲里"吱吱"响，豆香、肉香扑鼻而来，上桌前再撒些葱花，吃一口准会念念不忘。公公在深圳住时就时常为我们酿豆腐，每当看到公公做菜时那专注的身影，我心中总是溢满感动，那每一块豆腐里，都酿进了浓浓的父爱。

客家人无酿不成席，酿苦瓜居然还是一道名菜。据说，客家人早期多居住在山高水冷的地区，气候潮湿多雾，所以客家饮食形成宜温热、忌寒冷的地域特色。来到岭南后，因天气酷热，家家户户都种了凉苦瓜，或许是因大家又喜欢吃肉，于是就研究出这么一道菜品。酿苦瓜不但能清热明目，还可解乏清心。酿苦瓜时，要先将新鲜苦瓜洗净，然后斜切去头尾，再切成一寸左右长的小段，用勺子挖掉瓤和籽，把馅料填进去，放到煲里一根一根地摆好，最后加入适量的水，煲至苦瓜与馅完美融合。酿苦瓜味道清淡鲜美，似乎还有点甜味，着实会让人吃得上瘾。

酿菜是客家常见菜品之一，但也十里不同俗。客家有些地方还有酿辣椒、酿茄子、酿莲藕，这些我在山里都没吃过。兴宁的酿腐卷也是客家人餐桌上的一道佳肴。而我记忆最深刻的酿菜，还是那"三宝"。我们家的酿菜大多是公公亲手做的，我偶尔打打下手，没有独立做过一回酿菜，有时想想，我这个来自北方的客家媳妇真不称职。但我又特喜欢客家美食，于是便想，能喜欢吃客家菜，至少也是对"客家媳妇"这一身份的真正落实吧。而且，我不但喜欢客家菜，甚至已到了偏爱的程度，几乎每顿饭都会陪公公喝两杯客家黄酒。酿菜与黄酒简直是绝配，吃过的外地人都会铭心。

在深圳，很难吃到地道的客家豆腐，于是一到夏天，先生便以酿苦瓜为主菜。这些年家里虽然很少做黄粄，但我们并没有少吃，常有邻居的娘、嫂子等人这个送一块原味粄，那个送一块甜粄，甜甜黏黏的，就像客家人的人情味儿。我们常常吃不了，便带回深圳。

有时，嫂子把做好的酿豆腐也给我们带上，我高兴得把它当宝贝一样，心里暖融融的。公公时常自己一个人在家酿豆腐，每次做完都不忘给他的百岁兄长捎去一碗，这兄弟间的世纪亲情，早已成为村里的美谈。

舌尖上的客家风味以其独特魅力成为粤菜特色，而客家酿三宝，像老家的面食，也已在我生命中烙下深深印记，滋养每一个平凡日子，并将伴随我走完简简单单的一生。

酒中光阴

　　在陕西老家，喝酒是男人的事。

　　小时候我对酒的印象，是逢年过节时母亲酿的甜酒。那时候家里经济困难，喝酒是一件奢侈的事情，只有在过年过节和祭祖之时才能喝上酒。过年少不了酿甜酒，正月初五那天用来待客。另外，每年的农历六月十九是我们的"过会"节日，这一天每家都会有亲戚拜访，主人用甜酒招待。此外，农村办红白喜事之日也少不了甜酒。

　　甜酒是用糯米做的。先将糯米煮熟、凉透，再和着酵母曲放入坛罐中密封起来，过些日子便满屋子酒香弥漫。我们家亲戚比较多，待客通常要有两三桌，男人、女人、孩子分别坐一桌。男人们喜喝白酒，北方人称之为"烧酒"，这酒清澈透明，看起来像凉水一样。家里有几个彩瓷印花的小酒杯，像是老祖宗留下的古董，男人们喝烧酒时用这小酒杯，女人和孩子用小碗喝甜酒。

父亲热情好客，和亲戚一起喝烧酒时常喝得满脸通红。男人们喜欢在酒桌上谈庄稼、谈儿女的婚事，女人们则喜欢喝着甜酒拉家常。烧酒和女人，似两条永不相交的平行线。女人们对烧酒无感，能喝到甜滋滋的醪糟酒便会像孩子一样喜笑颜开。孩子们不仅爱喝甜酒，还特别爱吃碗底的酒糟。

《诗经》中"八月剥枣，十月获稻，为此春酒，以介眉寿"之句就已表明我国已有五千年关于酒的历史。随着时代发展，农村开始兴起喝啤酒，有些人时常在外喝完啤酒后醉醺醺地回家，惹得家人不高兴，不过据说啤酒的味道像马尿一样，没啥好喝的。无论啤酒还是烧酒，我都没有喝的欲望，我觉得甜酒才是世上最美的酒。

来到深圳之初和先生谈朋友那会儿，常与同事们一起吃饭。男士们喜喝啤酒，开怀畅饮，先生时常喝得脸红到脖子根，走起路来有些飘，我生怕他会摔倒。事实上，我的担心是多余的，他常说："我呀，酒醉心明，稳得很。"

记得第一次去先生老家梅州过春节时我便喜欢上了客家黄酒。在陕西老家，甜酒是上好的东西，平时在自家舍不得喝，只有待客时才会拿出招待亲戚。但客家人不同，即便没有亲戚去，每顿饭也会喝黄酒。黄酒、黄板、酿豆腐，这三样是客家人餐桌上少不了的。陕西甜酒是白色的，客家的黄酒是红色的，且碗里见不到酒糟。

记得儿子出生前，公公婆婆从梅州带来两大罐客家黄酒，我平时好吃醋，以为他们是带了两桶醋，便问先生："爸妈带那么多醋干什么？"先生说那是客家黄酒，专门给我坐月子喝的。我这才知道，客家女人坐月子有喝黄酒的习俗。

儿子出生后，公公每天买一只鸡，给我做黄酒鸡。一开始我吃不习惯，但为了奶水充裕，只好硬着头皮吃，吃完后感觉浑身暖暖的，精神特别好。整整吃了两个月的黄酒鸡，后来竟上了瘾，没黄酒鸡的日子还真有些不习惯。

孩子慢慢大了，我对酒的兴趣似乎也淡了。平时过日子，无论在家还是在外边吃饭，我们一家人几乎不喝酒。客家茶文化源远流长，我已被同化习惯喝茶。人是很奇怪的，虽然我们很少喝酒，装修房子时却做了个大酒柜，亲友送的酒一放就是几年。这些年下来，酒柜里摆满了红酒、白酒，还有一坛客家黄酒。酒柜里不摆几瓶酒，似乎不像话。有时想浪漫一下，打开一瓶红酒和先生对饮，但酒打开后，常常是过了大半年仍有半瓶。所以呢，日子想过得浪漫或有滋味，未必一定得喝几杯红酒。

有一年，先生去波兰出差带回了两瓶洋酒，我们不知道品质如何，不敢轻易送亲友，便先打开自己品尝，结果发现还没有家乡的甜酒好喝，只喝过一次便放在冰箱里封藏，另一瓶至今仍放在酒柜里。我们时常打趣说，若指望我们买酒，店家也许都没饭吃了。

正所谓"无酒不成席"，在深圳久了，亲友相聚，免不了喝点酒。在饭桌上敬酒似乎已是不成文的规定。女人喝酒，也许有人觉得不妥，可人多一热闹起来我又经不起劝。不过，喝酒这事儿，别人也不会强迫你。有时候我在酒桌上总有一种鸭子被赶上架的感觉，我特别害怕敬酒时觥筹交错的场面，不敬酒似乎就意味着不懂礼数，但若是要敬酒就得一杯接一杯地干，又挺难为情的。每当有约，先生总叮嘱我少喝酒，我嘴上应着，可一旦喝开了往往又难以自持。

关于酒桌文化，我略懂皮毛。比如，当给别人敬酒时，自己的杯子要低于对方的杯子，且先干为敬，喝完酒杯子要见底；若关系很铁，喝完酒双方杯子都要见底，若只是初相识，被敬者可随意；空肚子喝酒很容易上头，敬酒前得尽量多吃些东西。

在深圳时，我最喜欢文友们小聚。气氛轻松，喝酒喝茶都随意，心意到了就是礼。

我有过两次醉酒经历。一次是和几个同事小聚，我带了家里的红酒，几位女同事因身体原因不能喝，只有我和老叶两人对酌，一杯又一杯，把一瓶没兑雪碧的红酒都给喝完了。当时在饭桌上就已觉得头晕，同事开车将我送回到小区门口，下车后我整个人几乎要飘起来，脚下像踩了棉花，回到家倒头就睡着了。另一次是和同事聚餐时，我因工作上有疏忽，自罚三杯白酒，但其实我酒量非常有限，且后来还喝了杨梅酒，最后整个人晕乎乎的，恨不得就地躺下，同事们送我回的家。当然，这两次醉酒也不过是浅醉而已，没呕吐，没说疯话，头脑清醒，睡了一觉第二天啥事都没了。

酒这种东西，如果经常喝，那么酒量会像酒瘾一样越来越大。到现在，我一口气喝二两白酒不成问题，但作为女人，能不喝就尽量不喝，终归身体是自己的。我的舅舅、哥哥、侄子都酒量了得，我不知道我的酒量是天生的还是后天激发出来的。

　　酒是生活的调味品，喝的是一种兴致。小酒怡情，大醉伤身，微醺即可。当然，如果有一种酒真的可以使人忘记世间伤悲，我愿一醉方休。

做凉皮

凉皮是陕西的特色小吃，在老家时，我们把凉皮叫"面皮"。我和儿子对凉皮情有独钟，每去秦川餐馆，桌上总少不了一份凉皮。

最近一个月来，新冠肺炎疫情肆虐全国，人们深居简出，减少聚餐，用实际行动助力抗疫。好友朋友圈的风格也随之发生变化，少了各地美景，晒美食却蔚然成风，面包、蛋糕、包子、花馍、凉皮……令人垂涎三尺。

那晚在饭桌上，儿子说："妈，看朋友圈好多人在晒凉皮，我们也可以做。""咱们没有凉皮罗"，我回答道。"用碟子蒸。"儿子说完，还顺便给我讲了如何和面、洗面。在南方长大的儿子，竟然教我这个在北方长大的妈妈做面食，我觉着好笑，心中又添几分惭愧。平时都是先生在厨房忙活，他吃不惯面食，正如我始终对米饭爱不起来。我偶尔做面条、包饺子，从来没想过做凉皮，学校旁边有一家汉中米皮店，我和儿子隔三岔五就去吃一次。

儿子百般央求我做一次凉皮，我欣然应允，同时也有些心虚，从小到大自己并没有做过凉皮。在老家时我一直住在学校，只有在寒暑假才能请母亲教我和面、擀面、蒸馒头，可从没教过我做凉皮。或许在母亲看来，做凉皮是一种精细活儿，我笨手笨脚学不会。我只记得母亲蒸了一锅又一锅的面皮，晾在案板上，每一张面皮的两面都抹了香油，防止粘连。母亲做的凉皮很香，配上一碗红豆稀饭，便是夏日的一顿美餐。

那天晚上，我上网了解到做凉皮的第一步是和面，心中暗喜：这和面可难不倒我。

第二天上午，我先和好了面，便打电话给大姐，询问接下来的具体步骤，结果打了两次都没打通。这些年来，我每次包饺子或者做其他面食，都会临时打电话向大姐请教，大姐便在电话那头进行遥控指导，所以我对大姐有很强的依赖。后来，我打电话给好友珺子，她啥饭都会做，厨艺高超。珺子给我详细讲了做凉皮的过程，我用心记住每个步骤的注意事项。没有凉皮罗，便想用蒸锅做，又发现没有笼布，炊具不全让我犯难。在和珺子之后的聊天中我才得知可以不用和面，直接把面粉调成面糊水也可以蒸成凉皮。我后悔前一天晚上没给珺子打电话询问，现在只能按照和面的步骤进行下去。珺子建议我先买个不锈钢盘子用来蒸凉皮。作为一个地地道道的陕西人，我竟然不知道做凉皮的流程，且家里也没有一套做凉皮的厨具，真的深感惭愧。

后来，我在网上看了几遍做凉皮的视频，依然似懂非懂。洗面前，我备了一大一小两个盆，把和好的面团放在小盆里，再往盆里加水，直到水漫过面团为止，然后开始洗面，两手不停地揉捏面团，原来的清水慢慢变得黏稠，当面水稠到一定程度，便倒进备用的大盆里静置。接着再次给面团里加水，继续用力揉捏，等面糊水稠了再倒进大盆里。接着再第三次加水，如此几番，面团逐渐变小，等到第五次续水时，已揉不出多少糊浆，面团也不知不觉已变成面筋，只有鸡蛋大小，软软的，像泥鳅一样光滑。我这才明白洗面五次的含义，并非想象中那么难，我反而觉得特别有意思。

"巧妇难为无米之炊"，灶具不全，何况自己是新手，心里根本没底。此时许多店都还没开门，出去也不一定能买到不锈钢盘子。洗面时心里一直打鼓，恰好接到大姐的电话，大姐说她村里有人用电铛锅做凉皮，让我先试试，我这才放下心来，家里正好有大姐前年带来的电铛锅。

面洗好了，我却感觉并不过瘾，真想多揉捏一会儿。接下来就是静静等待，需将面团静置五个小时以上，我心想，午饭吃到凉皮是没指望了。我再三告诫家人，千万别碰那个面糊水的盆，否则需要等更长时间。我真没想到做凉皮会那么麻烦，后悔自己早早和了面，只能让午餐变成晚餐。中午我简单吃了些东西，之后整个下午，我去看了好几次面糊水。我发现水和面糊的界线逐渐清晰，我终于忍不住，小心翼翼地用勺子把上面的清水舀出来，保证勺子触碰不到下边的面糊，足足舀了两大碗，让面糊水继续澄清。

在等待的时间，我洗好豆芽、香菜、胡萝卜、青瓜，调好味汁，然后把豆芽和胡萝卜丝焯水、捞起，放在盘子里备用，再把那块鸡蛋大小的面筋捏扁至手掌大小后放在锅里蒸熟。晚上七点多时，就准备蒸凉皮了。我有点兴奋，心想曾用电铛锅摊过煎饼，用电铛锅蒸凉皮应该得心应手。我先轻轻端起盛有面糊水的盆，让上面的清水慢慢倾斜流出。然后，准备两个小碗，一个放花生油，一个放香油，花生油用来抹锅底，香油抹在案板和蒸好的面皮上。

揭开锅盖，打开开关，用筷子夹住厚的纸巾，蘸着花生油涂匀锅底，接着把面糊倒进锅里轻轻摇匀后盖上锅盖便开始蒸了。几分钟后，白气弥漫，锅盖上的灯由红变黄。打开锅盖后，只见升腾的热气里露出一张光滑如玉的面皮。我有些激动，左手拿筷子，右手拿木铲，把面皮从锅里平移出来，放在抹好香油的小板上。然后，赶紧再次给锅底抹油、倒面糊，趁蒸第二张面皮时，又赶紧给已蒸好的面皮抹香油。没有油刷，情急之下只好用双手抹，面皮很烫手，但我也顾不得那么多，不然下一张面皮蒸好后没地方放。如此几番手忙脚乱下来，两手满是油，灶台也一片狼藉，我感觉自己的样子真是狼狈。蒸了四张面皮后，我想尽快蒸完，便把剩下的面糊全部倒进锅里。谁知打开锅一看，最后一张面皮的厚度是其他面皮的几倍，虽看起来还不错，但是很硬。我不声不响地把它丢掉了，不想让他们父子俩知道我的糗事。

拌面皮前，我有些迫不及待地把面皮、面筋切好放进碗里，加些备好的豆芽、青瓜丝，浇上汤料，再放些辣椒油，看起来真诱人，尝一口，光滑筋道，酸酸辣辣的，再来一锅红豆稀饭，便和儿子一起狼吞虎咽地吃了起来。儿子对我的手艺表示肯定后，我有一种小小的成就感，便对自己的手艺也赞不绝口，真是"老王卖瓜，自卖自夸"。吃完晚饭时已八点多了，珺子和大姐先后询问我做凉皮的情况，我给她们发了几张图片，得到了表扬，我心里美滋滋的。大姐告诉我，可把最后那张面皮再切细些，调味后也能吃，我后悔自己当时太武断。

第一次做凉皮，从早忙到晚，虽不及饭店里的美味，也没有母亲做出的味道，但比我想象中要好多了。当然，这得感谢珺子和大姐的遥控指导。

凡事讲究"认真"二字。认真对待一件事情，即使结果不够完美，也一定会达到预期目标。第一次做凉皮能如此成功，带给我惊喜，也给了我许多信心。后来我购买了两个面皮箩，以后可以经常做，我坚信自己会做得越来越好，有朝一日开个凉皮店或许也可行呢。

在母亲眼中笨手笨脚的我，竟然学会了做凉皮，母亲若泉下有知，一定很欣慰。母亲做的凉皮味道，一直在我记忆中飘香。

暖心肠粉店

来自北方的我在南方生活二十余年后，已基本适应南方的生活习惯。以前我一直生活在农村，农村的早餐不及城里多样，每天吃的就是馒头、稀饭，再配一些简单的菜。

南方也有包子和粥，但我却吃不出记忆中的味道，我已习惯吃南方的汤粉、炒粉、肠粉等食物。位于车站旁的一家潮州人开的肠粉店不知何时已成了我的新宠。

那家肠粉店的店面不大，店里只有四张桌子，隔出一小块空间作为厨房，肠粉机安置在店门口，店外还摆了两张桌子。通常情况下，店家老板负责蒸肠粉，老板娘负责做汤粉，彼此分工明确。店家老板看起来有些憨，夏天脖子上总挂着一条毛巾，时常汗流浃背。

每当我走过去，远远就能看到店家老板和老板娘两人忙碌的身影，常见到一团团白气在两人周围氤氲开来，如袅袅升腾的炊烟。每当看到此景，我心里便无比温暖。店家老板蒸肠粉时，身边总围着三五个食客，老板娘得空就给老板打打下手，做些把酱汁装在袋子里、给食客打包等事。两人通常顾不上说话，却配合默契。

每到饭点，食客一茬接一茬，把不大的店面挤得满满的。无论客流量多大，老板娘总是面带笑容用心招待，店家老板也动作娴熟，用勺子将粉浆从桶里舀出后铺满蒸屉，放些碎肉、菜叶，再打上一个鸡蛋，蒸几分钟，一层层的蒸笼抽屉一开一合。不一会儿，粉浆变成薄纱般通透的粉皮，浇上酱汁，吃起来香而不腻、嫩滑爽口。每张桌子上都放有自家腌制的小菜，有萝卜干、酸豆角、剁辣椒，食客可自行调味。我喜欢吃这家店的汤河粉，是在砂锅里煮猪什汤，再在大些的锅里烫粉，最后撒些香菜、葱花，并加些小菜，简单好吃。

我习惯早些打包好带去学校，从从容容地吃早餐。有一天早上，我发现店内多了个小石磨，专门用来磨豆子打豆浆，食客若在店里吃饭店主都会送豆浆。老板娘告诉我，他们每天凌晨四点就起来开始磨豆浆，我听后心头一热，为了能让食客喝上一杯免费热豆浆，竟如此起早贪黑不辞劳苦，真不容易。

老板娘待人很亲切，像个邻家大姐。记得有一次，我下车后发现手机没电了，身上又没带零钱，硬着头皮在这家店叫了个汤河粉。老板娘打包给我时，我轻声说："手机没电了，也没带现金，明天给你。"我的样子有些窘，尽量把声音压到最低，生怕被旁边的食客听到，不料老板娘竟笑着说："没事，下次再给。"

那一整天，我的心情都格外好。人与人之间，也许不需要太多理解，一个真诚的微笑、一句暖心的话语，都会带来心灵的愉悦。

一份美味可口的早餐，是一天的开始，决定着一天的心情。每天早上，我都似有磁石吸引般不自觉地走向那家肠粉店。

有天早上，见这家肠粉店的老板和老板娘都在忙，我便自己去打豆浆，谁知杯子突然从手中滑落，顿时豆浆撒了一地，我一下子慌了神，真想找个地洞钻进去。店主正在忙，自己却给人添乱，自责中，赶紧拿起拖把开始拖地。老板娘见状立即放下手上的活儿，从我手中拿回拖把清理地面。我不好意思再打豆浆，谁知老板娘竟重新给我打了一杯，给我时依然淡淡地笑着，当时我心里暖乎乎的，不知说什么好。

我喜欢这家肠粉店，不只因为其肠粉美味可口。人的一生中，有些记忆如行云掠过，但有的记忆，却长久地温暖心怀。

第二辑　草木年华

指甲花

　　小时候在农村，指甲花随处可见，风吹醒一粒指甲花的种子，就可以长出一株。夏天来了，指甲花便伶伶俐俐地开放，粉红的、淡白的、枚红的……各种色彩缤纷明艳，俏丽动人。

　　乡下活计多，大人们无暇照料指甲花，任花开花落，我却对指甲花情有独钟，时常缠着母亲给我包指甲花。夏季白日长，为了保护指甲花花瓣的水分，一直等到太阳落山后母亲才让我和二姐在自家后院的菜园里摘指甲花。通常我捧着一个大搪瓷碗，二姐小心翼翼地摘下一朵朵鲜艳的花，生怕碰落纺锤一样的蒴果。指甲花的花瓣小巧灵动，酷似蝴蝶，清风吹过便翩然起舞，惹人喜爱。

　　一般情况下，如果我和二姐同一天包指甲花，自家后院

的花往往不够，母亲便领着我们去别人家的院子摘花。无论
走到哪家，邻居总是亲切地和母亲打招呼："娃包指甲花了，
这阵子我家指甲花开得正好，多摘些，这花开得快，过几天
又开满了。"邻居说着便和我们一起摘花。母亲和邻居常常边
摘花边拉家常，不知不觉就摘满一大碗，捧在手里，像盛满
一碗花蝴蝶，我和二姐总争着端碗。生产队西瓜园的边边角
角也开满了指甲花。西瓜成熟时，指甲花比瓜蔓上的大西瓜
还耀眼，母亲有时带我和二姐去西瓜园摘指甲花，看瓜人热
情大方，任我们随意采摘。

　　包指甲花时，有两样东西不可少：白矾和构树叶。白矾
使指甲容易上色，且色泽自然鲜亮。白矾为块状，看起来像
冰糖，对于爱吃甜食的我是极大的诱惑。白矾我家不常用，
若家里没有，母亲便去村里的供销社买。母亲知道我和二姐
都偏爱指甲花，总会想尽办法满足我们。

　　白矾准备好后，还需要采构叶。许多人家的房前屋后都
长有构树，常常枝条伸到墙外。每当村里人看到我和二姐在
寻构树，都会热心地给我们指路，有时我们还去二队人家的
院墙外采构叶。二队人家后边是片广阔的田野，那儿的构树
都枝叶茂盛，那些构树都不高，叶子为枫叶形状，摸起来有
些粗糙。构树的果实呈毛球状，果肉外露，熟了的果实呈现
出橙红色，黏糊糊的，像一颗颗火球挂在枝叶间，分外耀眼。
人们常把构树的果实叫"构蛋儿"，摘一个放进嘴里，味道
酸酸甜甜，在那年月这算是好东西，只不过吃多了舌头会发
麻。我和二姐常拣大片的构叶采摘，当天边的火烧云沉落时，

我们便心满意足地回家。半篮子的构叶提在手上，像兜里揣了一沓钱，特兴奋，毕竟，包指甲花是女孩儿们在夏天最开心的事儿。

晚饭后，母亲开始捣指甲花浆。把碾成粉的白矾放在碗里的指甲花上，用蒜锤"梆梆梆"地捣，不一会儿指甲花就变成一团泥浆，渗出深红色的汁液。我特别喜欢闻那花浆的味道，提神醒脑。临睡前，母亲便开始给我包指甲。她先将两片构叶合二为一在手上铺展，然后捏下一块花浆放在构叶中间，用食指将花浆点平，再把我的指甲对准花浆贴紧，用构叶裹住我的手指头后，用棉线缠绕一圈又一圈，像捆粽子一样结结实实地绑住，最后轻巧地打个结。和着白矾的花浆凉飕飕的，凉意从指尖传入心底，沁人心脾。这一系列动作完成之后，一个指头才算包好。每只手只包四根手指。据这里的老人说，大拇指不能包，包了对家人不好，这一点我们都深信不疑，毕竟相沿成俗，谁还去试个真假？待八根手指都被包裹好后，手指便无法弯曲了，像八个呆呆的小木偶，惹人疼爱。

给我包完后，母亲又开始给二姐包指甲花。我在一旁静静地看，一连串的动作多次重复后，母亲从容地包完了二姐的八根手指，并再三叮嘱我们睡觉要老实，否则构叶套脱落指甲不会红。这里的女孩儿为了美，甘愿忍受平时难以忍受的事情，我也时刻提醒自己睡觉时要注意，搔痒要用手腕、不轻易翻身，然后怀着兴奋的心情进入梦乡。事实上，那一整晚我都睡得不踏实，时常突然醒来摸摸手上的构叶套有没有被蹭掉，确信仍在，才又放心睡去。

第二天醒来，发现每个手指缝都有鲜红的花汁流出，我急忙扒掉手指上裹着的构叶套，然后红红的指甲魔术般呈现在眼前，色泽自然，橙红透亮，散发着淡淡的花香，此时真有些心花怒放。接着发现手指头也被染红了，细线勒过的深深印痕清晰可见。我顾不得手指的发麻与疼痛，只一心和二姐比谁的指甲更红。虽然二姐睡觉的姿势比我规矩，但我总觉得自己的红指甲更好看。

美美的红指甲让我们的夏天充满欢乐，染一次指甲可以保持很久。随着时日推移，指甲会渐渐生长，亮红之色会一点点消失。新长出的指甲像月牙儿，煞是好看。农村的女孩对指甲花的喜爱近乎痴迷，时常给脚趾也包上指甲花，原本脚趾素颜的小女孩纯朴自然，脚趾被包了指甲花后便像妩媚的少妇，娇艳迷人。若穿上凉鞋，亮红的脚趾甲便裸露出来，和同伴们一起玩水时，十个脚趾头红艳艳的，楚楚动人。

在我看来，指甲花的天敌是化肥。暑假正是锄玉米的季节，我在家里年纪最小，轮不到我抢锄头，于是上化肥便成了我的差事。哥嫂们在后边锄地，我在前边给玉米苗上化肥，一个人供几个人锄。没有给双手采取任何保护措施，直接用手抓化肥，一把一把地放在玉米苗根旁边。选择放化肥的地方要远近适宜，近了会烧死玉米苗，远了无法给玉米苗提供养分。每次给一片土地上完化肥，腰酸背痛且不说，就是八根手指也活生生像沾满焦炭，简直不忍直视，怎么都洗不掉，指甲虽没有完全变黑，但也失去了最初的色泽。农村的孩子干农活儿天经地义，我没什么可抱怨的，只是实在心疼指甲，只能等到黑尘消退，再包指甲花，反正除了买少量白矾，并不需要别的成本。只是，那等待似乎特别漫长。

每年夏天，包指甲花成了我生命中不可缺少的乐事。指甲花染红了季节，也点亮了我的梦，幸福感就像花汁溢出心底，生命纯粹又美好。

离开家乡后，我就再也没包过指甲花。每次回乡见到指甲花，就像遇到阔别多年的老友，倍感亲切。前年夏天，嫂子给我包了一次指甲花，和多年前一样，摘花瓣、采构叶、捣花浆，嫂子把我的八根手指捆得结结实实，并给我戴上一次性手套，防止花浆流到床单上。每重温一道工序，都令我思绪万千。那一晚，我睡得很安稳。

母亲走了，流逝的日子再也无法追寻，指甲花依旧年年盛开。

后来，我得知指甲花有一个好听的学名——凤仙花。它虽然生长在乡下土地的角角落落，却始终保持旺盛的生命力，蓬勃洒脱、自在随性。当然，我仍然习惯叫她"指甲花"。

一场又一场的雨后，故乡的指甲花又开了。每到这个季节，我就特别想念母亲。人到了一定岁数，时常喜欢怀旧。我常常在夏夜里独自坐在阳台上，回想母亲给我包指甲花的情景，仿佛也是一种慰藉。

秋风里的核桃树

　　我的故乡在陕西周至，那里山清水秀，物产丰富。记忆里的周至，鲜见核桃林，我却是从小吃核桃长大的。

　　小时候，我家院里的果树只有柿树。柿树的外表很普通，每当春天来临，柿树上星星点点的鹅黄小花便如小喇叭一样挂在绿叶间，煞是好看。柿树伴我成长，我对柿子的各种吃法再熟悉不过。那时，我特别羡慕邻居的家院，种有核桃树、无花果树和桑葚树。后来我了解到，邻居家的男主人常去秦岭深山，常将一些小树苗带回自家院里栽种，才有了众多果树。

　　邻居家的女主人是一个哑巴。小时候，我们这一群淘气的孩子喜欢和她作对，当然，主要是缘于她家的果树。她家的那棵核桃树特别高，春天刚过时，茂密的枝叶向四周展开，像一把撑开的大伞。我时常站在自家院子里向她家院子望，望着那些伸展到我家院墙内的核桃枝丫，想象着青涩的果实一天天变大、成熟。不过，在树上果子仍青时，我们几个疯丫头便常常伺机翻进邻家院子里，偷摘无花果或用石头砸树上的青核桃。很多时候，无花果还半生半熟时便被我们硬生生地摘下来。核桃树很高，果子长在枝头，爬上树也不一定摘得着，有时找不到长杆，我们就用石头砸，一块石头抛上去，有时砸下几个核桃，有时砸下几片叶子，当然，无论如何我们砸下核桃才肯罢休。

经我们这群疯丫头的扫荡后，邻居家院子里的景象必然一片狼藉，我们才不管呢，只迅速找个僻静的地方享用果实。核桃壳非常坚硬，外有一层厚厚的青皮。从树上摘下来后，得用石头把青皮砸烂，用手一点一点地剥开，然后再砸开硬壳，便可见里边那层薄皮紧裹着的白生生的桃仁，掰一瓣放进嘴里，脆脆香香的。

那时的核桃仁虽不够饱满，却是我和小伙伴们舌尖上的美味。剥几只核桃之后，手就变了颜色，青桃皮流出的汁液把手染得乌黑。谁剥的核桃越多，手指就越黑，像作案后留下的证据。

每当回到院子里看到满地的桃叶，邻家女主人便"咿咿呀呀"喊个不停。她非常聪明，总能找到我们。每次找到我们时她都怒瞪双眼，眉宇间满是杀气，恨不得把我们挂在核桃树上吊死。有时候，我们尚在树下时就被她发现了，她当即便"鬼哭狼嚎"，虽然谁也听不清楚，但我们都知道她在骂人。我们并不怕她，个头跟她差不多的草儿还带领我们故意用指头在自己脸上比画。她觉得我们在嘲笑她，便捡起一块石头，哭喊着追得我们满村跑，但她从未将手里的石头砸向我们。大人们得知后，都会责备我们，告诫我们不要欺负她。其实她挺善良的，每年家院里的果子熟透后都会主动拿给我们吃，而淘气的我们总是太贪吃，等不到果子熟透便动起坏心眼。那时的我们，无疑是她最不待见的人。

在那个物资匮乏的年月，我们对谁家院子里有哪些果树、树上结了多少果子都一清二楚。核桃属于稀罕果子，每年果树开花时我们便打起主意偷摘，所以往往果子在尚未熟透时就大多被我们糟蹋了。

我来到南方后便很少回家。听说邻家已新建了房子，当年的核桃树也已被砍伐。那一家人的生活我后来很少过问。

记得小时候，我们家没核桃树，除了邻家的核桃，姨家的核桃我也没少吃。姨家和我家同村不同队，姨家在村子南头。那时我特别爱去姨家。姨家的院子里有两棵高大的核桃树，我们去了自然不用偷吃。姨家的核桃与邻家的不同，大多能熟透，每年打完的核桃姨都会给我们留着。我们去了，不光能吃，回家时衣服口袋也总被塞得鼓鼓的，当然，口袋里除了核桃还有爆米花、花卷馍。姨从不让我们空手回去，总觉得我们家孩子多，生活拮据，我们在家吃不饱。

大嫂的娘家在山坡上，门前也有几棵核桃树。自从有了侄子，嫂子每次去娘家前都告知我回家的日子，到了那天，我便上山坡等着接嫂子和侄子。上山坡的路不算陡，但比较

远。嫂子一个人抱着孩子回家很辛苦，我常常帮忙。我到了
她娘家后，嫂子就打核桃给我吃。

那时我经常和小伙伴们上山挖野菜，山上长了不少野核
桃树，没人看管，长得也不太好，却是我们的最爱。我们总
是想方设法甚至冒着生命危险把核桃打下来享用，而石头是
最好的工具。每当核桃被砸下来掉进荒草里，我们就爬进草
丛里找。有的核桃树长在崖边，被砸下来的果子常常滚到沟
里，我们也会想办法找到。对于实在找不到的核桃，我们心
想，或许三五年后，它们又长出树苗来了。

每当逢年过节，母亲给祖先的供奉中总少不了一碟核桃。
除了因味香，捏在手心里也特别踏实。离开家乡后，我就再
也没吃到过有家乡味道的鲜核桃，或许是因我曾有过偷核桃
的难忘经历，所以至今对核桃念念不忘。

这些年，大姐时常给我寄些干核桃到深圳，其实在超市
也可以买到。或许在大姐看来，家乡的一切都是最好的。每
次收到大姐寄来的核桃，我心里都是暖暖的，就会不禁想起
童年的快乐时光。记得有一年同学聚会，班长庄隆买了几十
斤鲜核桃，几桌人用夹子噼里啪啦地夹开品尝，依然是浓浓
的爱。世上很多东西都变味儿了，只有家乡的吃食还是儿时
的味道。那次离开家乡时，老同学还送了我十多斤鲜核桃，
我当时感动得不知说什么好。

前几年回故乡，看到三哥家建了新房，在院子里移栽了
一棵核桃树。树身有两层楼高，枝繁叶茂，站在阳台上，树
上的果子触手可及。这棵核桃树的叶子有手掌般大，叶面上

有许多纹路，青青的果子挤在枝头，像一个个绿色的乒乓球，又似一群可爱的娃娃。哥嫂说树叶上有一种会蜇人的虫子，我不知道小时候看到的核桃树上有没有虫子，不过我最怕虫子，看到满树的果实而情不自禁伸出的手又赶紧缩了回来。每次从核桃树下经过，我总会加快脚步，生怕虫子从叶子上掉进我的领口里。

多年以后，我回到故乡遇到邻家女主人，她就像见了亲人一样欢喜，握着我的双手似有千言万语。我听不太懂她的语言，但我明白她的心，只陪着她一起笑。这么多年过去了，她苍老了不少，也变得慈祥了。时光匆匆溜走，远去的日子已烟消云散，只留下亲切的回忆。

九月初，我收到了三嫂从老家寄来的一箱核桃，分外欣喜。在超市里，全国各地的吃食都买得到，但就是吃不到新鲜的核桃。鲜核桃刚从树上被打下来时，硬壳外还残留着丝丝痕迹，之后青色的皮要一点点剥开，我能想象到哥嫂的双手一定都被染黑了，也许，还被虫子蜇过。家乡的鲜核桃清脆可口，特有的油脂味裹着淡淡清甜，仍是记忆中的味道。

每年中秋一过，故乡的核桃就熟了。走在南方开满鲜花的街道，处处温暖湿润。徜徉在小区中，榕树上的假根在秋风里不停摇曳。我知道，我已离故乡越来越远，我仍然不清楚老家新房旁边的核桃树上究竟长着什么样的虫子。我从没有见过那种虫子，也未曾被它们蜇过，我更不知道是故乡的树爱生虫子，还是我们这些远离家乡的人已越活越娇气了。

前些年回故乡，我发现荒坡上有好几片核桃园。我知道，家乡园子里的核桃，不再仅是村里孩子们梦寐以求的果实，它们将走出大山，走向千家万户。它们是村民们的口粮，是连绵不断的希望，是生生不息的岁月。

秋风又起，落叶飘飞，那些对故乡的记忆，日渐丰盈着我悠长的生命岁月，那一棵棵家乡的核桃树，也一直长在我心里。天下有很多树，如今，我不过是南方某棵树上的一片叶子，我的根系仍在故乡。

浓浓石榴情

在众多水果中，我对石榴情有独钟。

我的故乡周至距盛产石榴的临潼七八十公里。记忆中，我儿时从未吃过石榴。大姐家门前有棵石榴树，我每年夏天去她家时，只能看到一树火红的花，却从没见过石榴果。

我与石榴结缘于岭南，却记不清真正从哪天起开始对它心心念念。我居住的小区设有邻里管家店，可二十四小时自行购买水果。每次路过那儿，我总会走上前去看看有没有石榴。每次到超市在琳琅满目的水果中看到躺在货架上的石榴，心里便喜盈盈的，赶紧挑几个放在推车里，生怕有人跟我抢。

石榴的果皮颜色黄红相衬，外形像个张嘴笑的胖娃娃，又似个精致的袖珍花瓶。"千房同蒂，千子如一，缤纷磊落，垂光耀质，滋味浸液，馨香流溢……"《安石榴赋》中的生花妙笔，写尽了石榴花果的千姿百态。

每当要吃石榴时，我准备好盘子、水果刀，先把石榴对半切开，然后轻轻一掰，只见里面的果实有序排列、挨挨挤挤。一粒粒石榴籽水灵灵的，红里透白。果实和果实之间有层黄色薄膜，像一面半透明的软墙，整个石榴被隔成几块大小不等的空间。每当望着红玛瑙似的石榴籽，我就颇为欢喜，甚至舍不得吃，像欣赏一件精美的工艺品一样半天挪不开眼。将几粒石榴籽放在口中，轻轻嚼下去，味道酸酸甜甜的。

那年春天，我去花鸟市场买了两只鹦鹉，同时买回一株石榴盆栽。那株盆栽的石榴叶呈深绿色，叶片呈柳叶状。没过多久，几个小葫芦似的花骨朵咧开嫩嘟嘟的小嘴，像鸟儿在枝头呼朋引伴。石榴花色为橙红，六片心形花瓣自然向外张开，花瓣中间星星点点的黄色花蕊聚在一起。石榴花热烈奔放，像一团燃烧的火焰，比春天还明丽。

"五月榴花照眼明，枝间时见子初成"，忽然有一日，我发现花蒂上结出两个青色的小石榴，我无比惊喜，原只想收获几分春色，却得到了整个秋天。我时常蹲在石榴树旁观察半天，想象着石榴熟透时的模样，并每隔一天就给石榴树拍几张照片，记录它的生长过程。

时序更迭，春华秋实，石榴果在我的期待中一天天长大。果子最初呈淡绿色，在绿叶中并不起眼，后来逐渐变黄变红，像少女的脸。两只石榴果一大一小立在枝头，在并不茂密的叶片间分外显眼，偶尔一阵风吹过，两只石榴果相继微微摇晃，仿佛是在互相打招呼。我起先并不打算把果子摘下来，然而秋天尚且未至两只石榴果就已先后落地了，我为此心疼了好一阵子。

我究竟为何痴迷于石榴？似乎无从说起。我身边的人都知道我爱石榴。每次先生去买菜，都会帮我捎几个石榴回来。有一次先生买的石榴果皮青白，外形与一般石榴无异，但切开后果肉竟然是白色的。白生生的石榴籽如玉一样晶莹，那是我第一次见白色的石榴籽，原以为是石榴还没长熟，后来才知道那是另一品种的石榴，还有个特别好听的名字——"白花玉籽石榴"，又名"绿水晶"，主产于安徽怀远，开白色的花，成熟后石榴籽呈白色。水果竟能有如此学问，真让我长见识。现在超市里石榴品种繁多，软籽石榴是我特别喜欢的一种，口感细腻，汁多味甜。

我的上一届学生在我毫不知情的情况下在我生日那天给我订了个蛋糕，还专门买了两个又红又大的石榴，果子上刻着"生日快乐"的字样。其实那天并不是我真正过的生日，孩子们看的是我的阳历生日，我真正过的是农历生日，但为了不让孩子们扫兴，我没告诉他们真实情况。那一天，孩子们比我还兴奋，像是在给自己的亲人过生日。我们一起吃蛋糕，一起玩闹。一粒粒红彤彤的石榴籽如同孩子们纯净的心灵。前年国庆节期间，孙夏琳、彭依妍等几位学生回访母校，一见到我就说："老师，我们知道你爱吃石榴，我们专门去京基给你买了几个。"孩子们已经毕业一年多了，还一直记得我对石榴的喜爱，真的好暖心。有一阵子我的情绪比较低落，对生活失去热情，同事秀静知道后，特意送给我两个大石榴，果子接在手里那一刻，我感动得眼泪快要掉下来。亮晶晶的石榴籽，像闪耀的星星，照亮我的心房，驱散了我心中的阴霾。石榴于我，竟是治"疾"的良药。

十一月初，深圳的天气恰似故乡的秋天。老同学大鹏从陕西老家来到深圳出差，给我带了些家乡特产，其中有水晶饼和我最爱吃的石榴，着实让我感动。仅六个大大的石榴就有一定重量，何况还有家乡特产，一路从陕西背到深圳，翻山涉水，千里迢迢。在超市里可以买到全国各地各品种的石榴，唯独来自家乡的石榴别有滋味，其中饱含的那份沉甸甸的情，足以让我回味一辈子。两盒水晶饼，也是我在故乡时的最爱。我常想，老同学一定是从我的《故乡云》中得知我对水晶饼的钟爱。故乡的那些味道，早已刻在生命的年轮里。

有人说："对你好的人，会为你点亮这个世界的灯，拨开你心里的尘。"我想，无论亲人还是朋友，送给我的不仅仅是石榴，更是送来了点亮我生活的灯，驱散了我心中的阴霾，温暖了我的心怀。

身在异乡时，我常常想起关于临潼石榴的那一神奇传说。相传女娲氏炼石补天时，将一块红色的宝石遗落在骊山脚下，有一年，安石国的王子在此打猎，在山林里看到一只快要冻死的金翅鸟，急忙把它抱回宫中，又是喂食又是治病。金翅鸟得救后，为了报答王子的救命之恩，不远万里将骊山脚下的那块红宝石衔至安石国的御花园内，不久就长出一棵花红叶茂的奇树，安石国王便给它赐名"安石榴"。

或许是因对传说的好奇，或许是因对故乡的眷念，每到秋天，我都要买一箱临潼的石榴。来自故乡的石榴包装普通，果子不算大却比较匀称，果皮并不是我想象中那红彤彤的样子。切开果子后，里边的石榴籽令我眼前一亮，红艳艳水灵灵的，味道特别好。

石榴花盛开时像成熟的美少女，据说凡是见过临潼石榴花的人，之后的生活都会幸福美满、红红火火。如果有机会，我真想走进临潼的石榴园，在蓝天白云下，在火红的季节里，与故乡相亲。

待到开春时，我会再买一株盆栽石榴，看它开花、结果。

格桑花

　　周末买回几盆花，一盆栀子花，两盆格桑花。栀子花叶色浓绿，花蕾饱满，十分旺盛。格桑花有长长的茎、纤细的叶，亭亭玉立。在藏语中，"格桑"是幸福的意思，所以格桑花也叫"幸福花"。

　　我曾在公园里的道路两旁见过格桑花，开得蓬蓬勃勃，充满灵性，引得游人纷纷驻足留影。每当买回新花，我总会格外关照，浇水、施肥、修枝剪叶，春来花自开，无论新花旧草，都在努力生长，整个阳台生机盎然，春意盈怀。每天早上，我做的第一件事就是观察格桑花，每见花开，便欣喜不已。

　　有一日我早上起来站在客厅门口，呼呼的北风从门缝钻进来，才知昨夜北风紧。在这春寒料峭的时节，冬的气息还未走远。推开门后，眼前的一幕令我惊呆了，两盆格桑花的纤弱茎秆全被吹弯了腰，低垂着，无精打采，有几株都被吹折了，这般景象，让我心碎一地。我赶紧把那两盆花搬进屋内，责怪自己没有关注天气预报。看着这两盆失去生机的花，我心里很难受，满心爱意买回的格桑花，才几天时间竟被我养成这般模样。

收拾好心情，带着几分担忧去上班，晚上回来后发现情况有所好转，格桑花的叶子舒展开来，虽不及之前那般亭亭玉立，但也总算缓过神来，部分茎秆已然直立，我稍感安慰。

次日下班回到家，我就迫不及待地走近格桑花，所见景象令我眼前一亮，格桑花竟全开了。其中有一盆开得正旺盛，只见修长的茎秆上一朵朵格桑花自在地开着，花蕊呈黄色，花瓣有浅紫、粉白、玫红三色，每朵花有八枚花瓣，清清爽爽。我赶紧把两盆花搬到阳台，让它们呼吸清新的空气。微风吹来，高高低低的格桑花随风摇曳，如婀娜的女子。

另一盆格桑花因受伤严重，只零星开了几朵。最打动我的是那几株茎秆之前已被吹折的格桑花，竟也重新开出美丽的花，花瓣朝下，努力生长，倔强顽强，尽力完成作为花的使命。见到此情此景我无比震撼，对格桑花的敬佩之情油然而生。

花和人一样，都会经历风雨的洗礼。格桑花在遭受风的袭击后，并没有放弃再度蓬勃生长的希望，付出全部力量绚丽绽放，不与群芳争艳，只在自己的世界里自在地盛开，令人赞叹，令人仰慕。

百香果

　　记得那年暑假，儿子买回了几个果子，鸡蛋形状，紫红色，果皮皱巴巴的，一直在桌上放了好些天。又过了些时日，我终究没忍住好奇心，切开一看发现果子里面流出黄色的汁液，像蛋清一样黏稠，汁液里有许多颗绿色的籽。我用舌头舔了一下，味道酸溜溜的，立马吐了吐，心想儿子买啥水果不好，买这样的东西回来。趁儿子不在家，我偷偷把那几个果子扔进了垃圾桶。

　　不知是过了多久，有一天我看到同事在办公室用那种果子泡水喝，问了同事才知道那是百香果。同事在一个较大的盛水杯里加入几块百香果的果肉、适量蜂蜜，制成一大杯鲜果汁，供大家饮用，办公室里顿时充满了鲜果的芳香。同事给我端来一杯，我轻轻尝了一口，味道酸中带甜又甜中带香，妙不可言。想到自己之前竟把那么美味的果子扔了，儿子的一片心意竟被我硬生生地拒绝了，不禁暗自羞愧。

在同事的介绍下，我对百香果有了粗浅的认识：百香果不仅味道好，还有减肥、美容之功效，但不可生食，需以水冲调饮用。我恍然大悟，自己傻乎乎地直接吃百香果，不酸掉牙才怪呢。从此我便喜欢上了外形并不起眼的百香果，它正是我梦寐以求的良果。后来我又在网上进一步了解百香果，得知其俗称为"鸡蛋果"，传说它是白天的女儿，它有父亲给予的阳光和热情。百香果原产于巴西，国内的主要产地在广东、广西。百香果的果汁营养丰富，富含维生素C，果实成熟后香气扑鼻，融合了多种水果的香味，因此叫"百香果"。

家里时常备有纯正蜂蜜，是公公从老家带给我们的。现在我每去超市，都会买几个百香果。有一次，一位同事的家乡在出售新鲜百香果，我特地买了一箱带回家，每天喝百香果蜂蜜水，身心似沐浴阳光般清亮清亮的。

暑假是我一年中最悠闲的时光。一年暑假，为了自制百香果柠檬蜂蜜茶，我专门买了两个玻璃储物罐，用开水烫过后，罐口朝下把水控干备用。制作此茶，要先拿几个新鲜柠檬，在其表皮涂上一层食盐，轻轻揉搓，然后用水冲洗干净，放在通风处晾干。接着用勺子把百香果的果肉挖出来，盛放在碗里。等柠檬外皮的水分蒸发后，再把柠檬切成薄片，此时菜刀和砧板必须保持干燥，不得有生水。

准备工作就绪后，先在罐底倒一层百香果果肉，然后铺一层柠檬片，接着给柠檬片上淋一层蜂蜜。就这样，一层果肉、一层柠檬片、一层蜂蜜……如此反复，直至把罐子填满，一罐纯天然的百香果柠檬蜂蜜茶蜜便做好了，其清香瞬间让人神清气爽。我小心翼翼地把罐子放进冰箱里冷藏，想到两天后就可以喝自制的果茶，身心格外愉悦。

　　每天早上，我把家里拾掇停当后，就从罐子里挖一两勺自制的果茶蜜，加入温开水搅拌均匀，这便是我一天的茶饮。续几次水后，味道变淡了，就再加些蜂蜜，一样好喝。整个暑假，每当前一罐果茶蜜快喝完时，我便提前开始制作第二罐，保证每天都有果茶喝，既减肥又美容。在炎热的夏季，百香果果茶带给我一份清凉心情。暑假结束时，我觉得自己的肤色白皙了不少，加上时常运动出汗，身体也轻盈了许多。

　　生活中，有许多人像百香果一样，没有华丽的外表，却有一颗真诚善良的心，纯朴热情，乐于助人。

艾草情

窗外，雨淅淅沥沥地下着。

教室里安静极了。四班学生正在考试，孩子们认真答写试卷，我坐在讲台批改二班学生的试卷。忽然，一阵轻轻的敲门声打破了这份安静，原来是学校的清洁工大姐给我送来一包艾草。我赶紧过去接住，捧在手里，心里暖暖的，久久无法平静……

大姐夫妇俩自来华南至今一直负责学校的卫生清洁工作。每当步入校园，总能看到他们忙碌的身影，每次与他们见面，都会互相打招呼。几年下来，我们逐渐熟悉彼此。据我了解，他们夫妻俩挺不容易的，女儿曾经生过一场病，家里经济状况一直比较紧张。

在我担任班主任的几年中，每接手一个新的班级，我都会先给孩子们上思想教育课，教育孩子们如何做人，要求大家团结互爱乐于助人。我在班里放了一个大纸箱，让孩子们把喝完水的空瓶子放在纸箱里，纸箱满后我叫清洁工大姐去收。孩子们很懂事，在我的引导下都会把喝完水的水瓶放进纸箱。十年来，我一直坚持这么做。当然，这不过是举手之劳。

对于这件事，清洁工大姐却满怀感激，每次见了我都特别客气，好像我帮了她很大的忙。有一次，她买了几瓶王老吉表达心意，但我说什么也不接受，我想他们的生活真的不容易，况且我帮她并不是为得到她的感谢。每次在食堂相遇，大姐总给我送上她带的辣椒，她知道我这个北方人爱吃辣椒。辣椒加在菜里，快乐和感恩便种在我心里。

已是三月。今年的雨来得早，还特别多，每天地面都比较潮湿，有了回南天的迹象。不知为什么，每在这节气我的左脚就开始毫无征兆地疼，上午还好好的，到中午放学时就疼痛加剧，坐着不动时没啥感觉，走起路来就疼得厉害，因此不得不跛脚走路。孩子们见了我都关切地询问情况，有的同事说是因我缺钙，有的说是因天气潮湿，我自己也不知道到底是怎么了，同时很紧张，怕有什么大病。

一日晚自修前，我碰到了大姐。她看我一跛一拐吃力地走路，就关切地询问情况，并告诉我用艾草泡脚很好。看来她对此比较有经验。她给我讲了艾草的功用，还说她那儿有艾草要给我一些。我当时想，拿回去试试也行。其实，我也没指望大姐真拿给我，她既然在家里备了艾草，一定是需要用的，谁知大姐却把这件事放在心上，还亲自把艾草送到教室给我。

一包艾草，放在手里掂量并没有多重，甚至有些轻，且价格也不贵，但对我来说是雪中送炭。身在异乡，有人能如此关心我，没有什么比这更让我心感幸福。艾草散发出的淡淡香味，仿佛是大姐那浓浓的情意，如春天般温暖。

窗外的雨依然淅沥地下着，不远处的霓虹灯仍在闪烁，但这三月的雨夜，真美真暖！

守望春暖花开

天不知是几时亮的。两只小鸟每天都早早醒来，叽叽喳喳的，像是在和阳台上的花草谈论什么。

多日来，楼下一片沉寂，看不见一个人影，静得让人心慌，白天像是夜里。树木孤零零地伫立着，像卫士一样守护着家园。在往日的清晨，人们跑步、打太极、遛狗、打篮球……如今，沉寂代替一切，世界静默无声。

站在阳台上望去，只见不远处的木棉树红艳艳的，让我眼前一亮。宅在家里二十多天了，木棉花究竟是何时开放的，我竟浑然不知，不禁有些感伤。木棉花是唤醒春天的使者，每年花开的时候，我都在树下拾花。甜甜的花香，让心情泛光。今年的木棉花一定特别孤单，但愿路过的飞鸟与清风，能带去几许问候。

花期的到来，悄无声息，正如许多告别，在风雪夜中静静消逝。突如其来的疫情，打碎了多少个家庭的平静，让多少欢笑消失，山川满目泪沾裳。

上午天气晴朗，阳光依旧醉人，人们却足不出户。天蓝蓝的，飘着几丝白云，聚散不定。阳台上的花草清清亮亮，春草年年绿，今朝倍还人。桂树的枝叶间露出针状的新绿。种植三角梅的盆土中冒出粒粒细芽，绿汪汪、嫩生生的。粉的红的月季，花骨朵儿压弯了枝，桃树还未开始萌芽，枝干上的红灯笼分外惹眼。

常立于花木旁的鸟儿，每天都是那么欢快。花鸟对望，相看两不厌。在家待久了，幸好有花鸟陪伴解闷。看书写字的间隙，我给花儿浇浇水、剪剪枝，和鸟儿说说话，打发沉闷的时光。越是在艰难的日子里，越要守住内心的安宁。

遥远的北国，现在应该还是天寒地冻的景象，树木还是冬日时光秃秃的模样。北国的春天总是姗姗来迟，但无论冬天的脚步多么蹒跚，春天都一定会抵达。

想看的景无法欣赏，想见的人不能相聚，疫情拦住我们向往的脚步，但阻挡不了心中春天的到来。静心宅家，安排好自己的生活，不辜负每一寸光阴，听《中华上下五千年》、读《唐诗宋词元曲》、浇花、拖地、洗碗，生活简简单单，心里越发澄明。心里有春天，再平常的日子，也可以飘香。

第三辑 回望故园

少年故园

去年春节前夕，我从花木场买回一盆桃树。桃叶茂密葱绿，桃花水灵粉嫩，这盆桃树成为阳台上一道明丽的风景。初夏时，桃树还结了两只小桃，我甚是惊喜。

秋后，桃叶慢慢凋落，最后只剩下光秃秃的枝干，我以为桃树死了，想扔掉它。春节前买年花，我让送货师傅顺便把这桃树盆搬走，毕竟那精致的花盆他拿回花木场也可续用。但送货师傅说："桃树冬天就是这样的，明年开春就会重新长出叶子。"我半信半疑，终未将其运走，但总觉得赤条条的枝丫缺乏生机，便在枝头挂了八个红艳艳的小灯笼。

节后随着立春、雨水等节气的到来，阳台上的桂树、三角梅、石榴树开始相继吐芽，盆土里冒出针尖似的小草，而那桃树却仍在冬眠中，没有抽芽的迹象。想起那位送货师傅的话，我在心中打了个问号。

一直宅在家中，阳台上的花鸟成了我最好的伙伴。每天打理花草、逗鸟成了我的必修课，如此便少了些闭门隔离的枯燥。每次给花草浇水，个个花盆都有份儿，自然也少不了桃树盆。

忽有一日，我发现桃树的枝干上竟有了泛着绿意的芽苞，已酝酿了一冬的桃树终于苏醒，春风一吹，那鲜嫩的绿芽让人怦然心动。几日后，叶片越来越大，整株桃树焕发出蓬勃生机。又过了几天，我忽然发现桃树枝头冒出一朵盛开的桃花，那一刻我有些不相信自己的眼睛，又仔细看了看，只见桃树、红梅和三角梅的花盆挨在一起，花叶交错，那株桃树的枝头上真的俏立着一朵桃花。我兴奋得像鸟儿一样，几乎要飞起来。我在花叶上轻轻喷水，用手机对准这朵桃花拍了又拍。我感到有些遗憾，我天天在阳台侍弄花草，却不知这株桃树是何时长出这花骨朵儿的。这朵桃花一枝独秀，黄色的花蕊外有两层花瓣，外层有五片大花瓣，内层有四片小花瓣，粉花绿叶与红灯笼相映成景。

一朵桃花，带给了我几分欢喜，也让曾经那关于繁花的记忆在这个烦闷的春天重泛于心。

我出生于二十世纪七十年代，那时的关中农村还有农业社，每个家庭中可贡献劳动力的成员都在生产队干活儿挣工分。我在家里排行最小，没有参加过生产队组织的集体劳动，但我的足迹踏遍了广阔的田野，田野是我和小伙伴们永恒的乐园。在虎头山下的羊角村以北有一个公共林场，林场西边有一条大路，大路以南一直通向山脚下的永丰村，大路以北一直通向我们余家村。林场东边有一条河，沿着篱笆墙自南向北顺流而下。一到冬天，河流干涸，大大小小的石头裸露在河床上，此时林场北边的土地就显得更加广阔。

　　林场属于大队，有专人看管，内有苹果树、梨树、桃树、柿树、槐树、榆树、椿树等各种野生树木。大门在林场西侧，由几个管理员轮守，除了林场管理员，其他人不得擅自入内。林场四周的篱笆很结实，带刺的藤蔓在架上缠缠绕绕，织成了一道密密实实的墙，行人在林场外围只能看到一行行果树。

　　林场的东北部住有我们村的一队。一队住在河的东边，二队住在河的西边，我们三队紧挨着二队，四队住在村子的最西边。由于一队离其他队比较远，所以我对一队的人感觉比较陌生。林场以北的那片广阔土地阡陌交错，到瓜果成熟时，田间便热闹起来。

　　北方的春天虽然来得缓，花儿却开得热烈奔放。林场内外遍布着梨花白、桃花红、菜花黄……五彩缤纷，春意盎然。河畔青草芊芊，野花遍地，树木蓬勃。在灿烂的花海里，空气中散发着馥郁的香甜味儿。孩子们脱去厚重的外衣，三五成群地奔向野外，拔猪草、摘野菜，或啥事都不干专门去野外玩儿。各生产队的孩子不分彼此，这儿一群那儿一堆，遍布田间，如麻雀一样欢快，往往都是未见其人先闻其声，有的在树下玩耍，有的围在一起讲故事，有的在柿树上捉迷藏。

　　有时候，我们去河底捡石头，常把喜欢的石头带回家收藏或者送给同学。家里的兄弟姐妹，各有各的伴儿，在田间见了面就互相打招呼，然后又各找各的伙伴玩耍。春天没有果子，一群贪嘴的孩子总能想办法弄到别的吃的，洋槐花、榆钱叶……只要是可以吃的，没有孩子们找不到的。待杏子成熟时，树上一片金黄，生产队便召集村里的人摘下来卖掉一部分，剩下的按人口分给各户。

广阔的田野是我们儿时的天堂。我们春天泡在花海里，夏天在绿荫下玩耍，秋天奔走在各生产队的果园里。秋天天高气爽，我们去打猪草时，常在林场的篱笆墙外巴望树上的青果，恨不得变成蝴蝶飞进去，无奈篱笆墙实在太结实难以翻越。但四个生产队的果园没有篱笆围栏，自然成了我们的目标。一队的桃园地处偏远，桃园里有水蜜桃、蟠桃，我们常常以拔草为借口偷偷溜进去摘果子，然后在青桃上面苫一层草，以掩人耳目。偷桃成功后，我们便火速钻进庄稼地里清点战利品。我虽然长得最高，但天生手脚慢，每次偷的果子都最少。我们有时直接现场享用，有时找个地方把果子藏起来，以某一棵大树为记号，将果子藏好后又去另一个果园寻找下手的机会。大人们要忙农活儿，没时间看管孩子，我们常在野外无拘无束地玩耍，有时竟忘了回家吃饭。

有年夏天，一个小伙伴意外离开人世，村里的气氛紧张了好长一段时间。有人说她是去给观音菩萨做侍童了，讲得绘声绘色跟神话故事似的。从那以后，杏林旁的坎坡下多了一个小坟头。突然少了一个亲密的伙伴，为此难过了很久。此后，每当经过其坟前，我们都会为她献上几朵野花，放上几个青果。这些事情，我们从未告诉过大人。后来，生产队分田到户，林场没了，树被砍了，退林还耕，那座小坟也不在了。

记忆中的林园，是我童年的乐园，那一片繁花之林，在我心中灿烂成海。年长些时，我一直在外求学，曾经的小伙伴各奔东西，逝去的美好时光成为永恒回忆。后来，父母亲先后辞世，他们的坟地就在林场北边。那儿松木苍苍，一片寂静，关于故乡的记忆，似乎就定格于此。

前几年，国家征用土地，父母亲的坟地被迫迁移，离开了家乡，那深切的记忆似乎也被连根拔起，我不禁暗自伤戚，终究谁也阻挡不了社会的发展。欣慰的是，那年清明我回家又看到了桃花。

"繁华事散逐香尘，流水无情草自春。"在二〇二〇年这样一个灾难深重的春天，我竟然因为一盆桃树、一朵桃花想起了故乡的那片林园。旧事如天远，逝去的日子一去不复返，那条河、那片林、那些花、那些往事……如今留在我脑海里的，不过是一幅田园画。

秦腔，瓷实了如水的岁月

暑假回了趟故乡，收获甚为丰厚。

在故乡的每一天，都是我生命中最快乐的时光，感恩故乡给予我的一切美好。最让我欣喜而难忘的，是我回到故乡的几日赶上了许多热闹场景，其中之一便是我在村子里看了几场大戏。其实前两年我就听说村里开始唱大戏了，无奈自己身在远方，只能听人讲述。听哥嫂说，村里的大戏一唱就要唱三年，今年是最后一年，正好让我赶上了。

故乡的戏曲属于"秦腔"。秦腔，形成于秦，精进于汉，昌明于唐，完整于元，成熟于明，流传于清，几经衍变，蔚为大观。秦腔表演朴实、粗犷、豪放。在广袤的农村大地，秦腔艺术深受民众喜爱，在逢年过节、庙会店庆、乔迁新居、子女升学、生日寿诞、红白喜事等场合仪式上大多会设有秦腔表演，或请自乐班清唱折子戏以表祝贺，或搭台唱大戏，总之秦腔是故乡人生活中不可或缺的一部分。每当在茶余饭后，人们便集聚在一起谈论秦腔。秦腔就如同陕西方言一样深植于广大村民内心，尽管有的人没读过书不识一字，但提起秦腔就眉飞色舞，讲得头头是道。

秦腔内蕴了方圆八百里内秦川劳动人民的喜怒哀乐，具有独特的艺术感染力，是西北地区广大民众不可缺少的精神食粮。

我是听着秦腔的曲调长大的，对秦腔的记忆无法磨灭。记忆中，村子里的男女老少都能哼唱几句秦腔，老年人对秦腔更是达到了痴迷的程度。父亲曾是个秦腔迷，受父亲的影响，我自小也是一个秦腔迷。虽然那时我不懂如何欣赏秦腔，但常常跟着父辈们看秦腔戏，渐渐地，那时而慷慨激昂时而深沉哀婉的秦腔唱调就深印在我的脑子里，从此在我心里扎根发芽，使我对秦腔产生了一种似曾相识的亲切感。

从儿时至少年时代，我几乎不会唱一首完整的流行歌曲，但我会唱很多折子戏的经典段落，到现在我都能随口说出许多戏名儿来。多年以后，时过境迁，这是我第一次在家门口看戏，心中自然多了一份惬意，同时，也勾起了我儿时看戏的美好回忆。

可以说，秦腔温暖了我儿时那段天真烂漫的时光。

在我记忆中，我们村没唱过大戏，村里人看戏都要去邻近的南千户村或北千户村，只有这两个村子建有戏楼。在农村，唱戏设有固定的时间，一般是每年的农历二月至四月，这期间有许多村子举行过会仪式，一般都要唱大戏。二月二龙抬头，人们祈求神灵保佑来年风调雨顺，一般是北千户村唱戏；四月农忙前夕，过会以集市交易为主题，一般是南千户村唱戏。人们常常跟完这村的戏就又去另一村跟会，南千户村在农历七月初一待客时也经常唱戏。那时候，我特别羡慕那些在自己村子里看戏的人，也羡慕那些在唱戏的村子有亲戚的人家。每当别村唱戏的时候，人们都会一场场地跟着去看戏，路虽远了些，但无法阻挡人们欲去观赏的热情。在那连温饱都困难的年代，人们对秦腔却有着超乎想象的喜爱，无论哪个村唱戏，人们都必前往，不在乎路途远近，不在乎刮风下雨，总之场场不落空。

父亲对秦腔由衷地喜爱，若非太忙，他每一场戏都不会错过。很多时候，父亲在地里劳作，就会唱几句秦腔，自得其乐。每当一家人围坐在炕上，父亲就给我们讲秦腔戏剧的种种情节，同时借戏中的故事教育我们，因为每本戏的故事都蕴含了朴实而深刻的道理。在家中，除了父亲，就数我最爱看戏，我的同龄人几乎都不太喜欢看戏，他们都说戏的节奏太慢，"咿咿呀呀"的没啥意思，而我却对秦腔有一种特别的热情，因此伙伴们都叫我"戏迷"。

那些年，农村里没有电视电脑，大戏对于农村人来说是很奢侈的热闹场面，若哪个村子过会，一般唱戏三四日，不管在白天还是夜里，看戏的人都很多。有些老人能顶着白花花的太阳在戏院里看一天，有些戏迷宁可不吃饭也要走几里路提前去占个好位置。父母每次看戏都带着我，一路上大人们聊着这样那样的话题，很快就到了戏场。因为去得早，我们一般选择坐在距戏台较近的中间位置，在那里会看得清楚听得真切。戏楼两边早已站着或蹲着一群孩童，他们常常呼朋唤友，牢牢地趴在墙角，生怕别人抢了他们的宝贵地方。

通常，戏还没开，台下便早已坐满了密密麻麻熙熙攘攘的人群，各种声音奏成了一曲"交响乐"：人们的闲聊声、嗑瓜子的声音、熟人之间的热情寒暄声、年幼孩子的哭喊声、戏场外亲朋的呼唤声、戏场外商贩的吆喝声……虽然我家那时候生活拮据，但父亲时常也会给我买些瓜子或麻花等吃食，供我看戏时享用。每次只要随父亲去看戏，父亲总是默默为我准备好买零食的钱，绝对不会让我羡慕别人家孩子的嘴巴。在那个节俭的年代，父亲穿的衣服总是补丁接补丁，但父亲对我却格外慷慨。

当帷幕缓缓拉开，预示戏要开始了。这时锣鼓震天响，戏台上的灯光亮得耀眼，人物一个个出场，苍凉的声音响彻整个夜空。人们慢慢地安静下来，投入剧情中去。懂戏的人时不时地谈论演员们的唱腔如何，有的戏迷跟着一起小声地唱着。偶尔转头望去，偌大的戏场已被从四面八方赶来的人围得水泄不通，只见黑压压一大片人群，有些角落还站着一些手持竹竿的人，这些人负责维持戏场秩序，随时准备挥舞手中的竹竿。演员们的精彩表演时不时赢得阵阵掌声。父亲似乎什么戏都懂，他边看边给我和母亲讲述剧情，常常是我听懂了母亲还一知半解，父亲总是耐心地给母亲再讲述一遍，直到母亲明白为止。

无论看戏看到多晚，我从不打瞌睡，每一场戏我都看得很投入。一天的戏结束了，无论有没有看完整，人们都怀着满足的心情回家。在路上，人们或讨论哪个演员唱得如何，或已开始打听明日戏的内容。

在父亲的影响下，我懂得了更多的戏，而且对于戏的内容情节也理解得特别清楚。我曾经熟悉的戏曲有《铡美案》《柜中缘》《三滴血》《三对面》等，还有一些著名的丑角戏，如《看女》。那时候，我还知道西安易俗社的几位名家，如肖若兰、余巧云、李爱琴、郭明霞、陈妙华、全巧民……我喜欢秦腔，喜欢其优美的唱腔，或高抵云霄，或柔和清丽，我也喜欢秦腔的戏曲内容，因为每场戏都会带给我不同的感受，也让我明白了许多道理：看了《三娘教子》，我懂得了母亲育儿的含辛茹苦；看了《三对面》，我感受到了秦香莲的人穷志不短；看了《柜中缘》，我感受到了人与人之间缘分的奇妙。

每当提到秦腔，我都会想到鲁迅先生的《社戏》。孩子们月夜行船去赵庄看戏的美好画面令人向往，同时我也会想起自己儿时曾和伙伴们一起看戏的往事。

那时的我们对于看戏是十分期待的，并不是说我们多么爱看戏，而是我们时常借看戏的名义去逛会，那热闹的场景在平时并不多见。我们在家里或多或少都能讨到一些零花钱买些自己喜欢的东西，每一个孩子都是一个小吃货，哪怕是吃一根冰棍、喝一杯糖水，对于我们来说都感到无比的开心和满足。

　　每到暑假，大人们都去地里干活了，留下我在家做家务，每天我都准时收听收音机里面的秦腔戏曲，且很多戏曲百听不厌，感觉秦腔有小桥流水般的韵律，一些名段我至今都能一字不落地背下来，不知不觉中也会吟唱了。记得高二那年班里举办元旦晚会，我唱了《柜中缘》中徐翠莲的唱词，现在想起来，真不知道自己那时候是哪里来的胆量和勇气。童年流光已渐行渐远，但所有的记忆并没有被岁月的河流冲散，它在岁月的长河中慢慢沉淀成一坛老酒，偶尔打开，醇香芬芳。

　　这些年，我人在他乡，几乎听不到故乡的秦腔，但我心中的秦腔情结依然留存。有时在网上搜索秦腔戏曲来听，每当听到那熟悉的腔调，我都感觉像是回到了故乡。听哥嫂说，这几年我们村六月十九日那天待客请的都是周至县剧团的戏，哥嫂一再和我说，周至县剧团的戏唱得非常好，在西北五省都非常有名。每当秦腔的旋律在村里响起，整个村子都沉浸在欢乐与祥和之中。戏台通常搭在新建的村委广场内，台下总是男女老幼坐满了人。老人们坐在前边看得入迷，孩子们在戏场内外穿梭，各种摆摊的依旧令人眼花缭乱，但和从前相比少了很多，或许是因现在的年轻人对秦腔并不是那么热衷。不过，老年人对秦腔的热情依然不减，他们气定神闲、怡然自得，享受着秦腔艺术给心灵带来的惬意和满足。

　　当我再度回到故乡看戏，各类戏曲节目比从前更令我心醉。第一晚唱的是《天河配》，这是我第一次看全了关于牛郎织女传说故事的秦腔本戏，明白了其中的来龙去脉。周至县剧团的戏果然名不虚传，比我想象中的更加精彩。演员们那一腔一调、一招一式无不令我惊叹，那缠绵婉转的韵律再一次深深震撼了我的心灵。布景融入了现代科技 LED 屏，逼真华美，清晰鲜亮，令人耳目一新。LED 屏的融入不仅使舞台层次更加分明，且使每场戏之间的衔接更加紧密，而童年记忆中秦腔戏的布景都是人力手工而为，看戏观感缺乏连贯性。看了《天河配》，我的心久久无法平静，但愿世间有情人终成眷属。后来我还看了《封神榜》《劈山救母》，同样非常精彩，尤其是狐狸附身苏妲己那一幕和沉香劈山之刻火花迸溅的那一刹那，实在令人叫绝。无论是男腔的深沉之音还是女腔的秀丽之声，都令我深深陶醉。

这次回乡看戏，让我过足了多少年来深藏于心的秦腔瘾。坐在台下的我，总是不由得痴想，要是我的父母还健在该多好，陪他们在自家门口看戏，那是多么幸福的事……想着想着，不禁黯然神伤。如今依然陪伴我的，是那早已浸入我灵魂深处的秦腔音。

秦腔里有我儿时的美好时光，秦腔里有父亲的影子。秦腔是根，那里有我的思念，像月亮一样皎洁。

感恩我的父亲，曾在我幼小的心灵深处埋下热爱秦腔的种子，让我的人生有了别样的色彩。秦腔在我心里就是故乡的味道，是我心中最美的乐音，是我生命中长达一辈子的记忆，更是我生命中的亲情，慰藉我思乡的愁绪。

在灯火阑珊处蓦然回首，故乡在远方，秦腔在我心里，亲人在我梦里。

老　屋

　　近段时间常梦到母亲。在梦里，我们都是在老屋相见。老屋是我的出生地，我在那里居住过多年。往事并不如烟，任岁月斑驳，时光穿梭，那丝丝缕缕的念想却一直萦绕在心间。

　　老屋很低矮，有三间瓦房，坐南向北。进入门内，右边是灶房，灶房内紧靠西墙的是一个大案板，主要用来擀面、切菜，左边摆一些大大小小的盆、罐、瓮，多而不乱。灶房连着烧炕，以墙隔开，墙中间开了个四方孔，俗称"窑窝"。朝炕的方向有一大一小两口锅，大锅靠西墙，主要用来蒸馍、蒸饭。小锅在大锅左边，用来烙锅盔、做臊子面汤。小锅旁边有一个大水缸，可以盛放好几担水。烧炕为四方形，连着南边的窗子，厨房、烧炕共占西侧一间房。左手边的一间屋子靠外窗处放着自行车、农具等，里边靠墙摆放着两个大小高低不等的柜子，还有一个木箱子，许是用来收纳母亲当年的嫁妆。屋里的柜子、箱子是母亲用来放被子和衣物的，偶尔也用来放一些礼品，平时都上锁。箱子和厨房、烧炕相对，中间为过道，整个屋子宽敞明亮、简洁朴素。

老屋门前是个院子，和哥哥住的另外三间房的院子连在一起，整座宅子共有六间桩基，非常宽展。院子设有两个门楼，内有白杨树、柿树、椿树和一块长方形的大石，还有父亲用砖垒成的简易花园。老屋后院的屋檐下有母亲养的鸡、鸭、鹅，每到黄昏，它们便自觉上架栖息，数年来和平共处，相安无事。后院有一棵柿树，柿树旁边是猪圈，猪圈连着茅房。后院是家禽活动的场所，每天鸡啼鸭叫猪哼哼，很是热闹。

在村子里，老屋的外表极其平常，毫不起眼，但这平凡的老屋却是我快乐的源泉，里面有让我回味不尽的往事。

那时候，我们家是一个有十来口人的大家庭，家中里里外外的事情全由父母亲操劳。父母亲如两棵大树，为我们遮风挡雨。吃饭时，我们一家人围坐在炕上，父母坐最里边，哥哥们坐在父母旁边，嫂子和我坐在炕边。长辈们吃完饭我们去给他们添饭，父亲要求我们一定要双手给长辈们递饭，以示恭敬。吃饭时，父亲常给我们讲故事，时时给我们渗透做人的道理。我们这一个大家庭，吃的是粗茶淡饭，却和和睦睦，很是温馨。

老屋门前的院子是我的童年乐园。夏天一到，树上的知了声此起彼伏，大人们嫌吵，孩子们却喜欢得很。晚上，常有蝉蛹钻出地面顺着树根往树上爬，蜕皮后变成知了飞走，在树上留下蝉壳，地面上留下一个个食指可以伸进去的小窟窿。

那时，我们平日里最快乐的事莫过于摸蝉蛹。我时常和小自己几岁的侄子一起拿着洗脸盆，在蝉蛹还没爬到树高处时就将它们摸走，扣在准备好的另一个洗脸盆下面，让它们在脸盆内蜕壳。院子里没有灯光，我们全凭感觉去摸，一会儿蹲下，一会儿站起来，一棵一棵摸得很仔细，忙得不亦乐乎。有时会摸到很多只蝉蛹，这时要用几个洗脸盆一起扣住。

院子里树多，且绝大部分的蝉蛹常爬到我们够不着的地方，但这丝毫不会影响我们捕捉蝉蛹时的快乐心情。每当我们将蝉蛹放入洗脸盆内，第二天起来看到洗脸盆内已然分离的蝉和壳，就很是开心。孩子们的快乐就是那么简单。我们通常放走蝉，再把蝉壳收好，据说蝉壳可以入药，有人还上门收购。每当夏天过去，院子里都是一片"千疮百孔"之景。

我在老屋居住时每每也有一段难熬的夏日时光。每到夏天，乡下蚊子多，一定要挂蚊帐。时感闷热，耳边又"嗡嗡"响个不停，大人有时舍不得开灯，可我们在又黑又闹的土炕上难以入睡，只好拿着扇子在院子里乘凉。大人们时常三五个聚在一起闲谈至深夜，有时干脆搬张床直接在院子里睡，让老屋独自度过夏天。现在想来，夏季是老屋最孤独的一段时光。

每年的大年三十，老屋人最齐，邻村的伯父也带着堂哥回来守祖。伯父常和父亲在炕上说话，哥哥在炕上和其他孩子下棋，我和嫂子们在厨房里包饺子，准备大年初一的饭菜。老屋最热闹的时候便是待客之日，亲戚们都来，大人孩子欢聚一堂。

老屋门前的左侧有间小瓦房，用来养牲口。从我记事起，家里就一直养牲口，照料牲口是父亲一辈子最拿手的事。一年四季，父亲对牲口的照顾十分周全，家里的十多亩地全指望牲口出力。父亲时常一边给牲口添料，一边和它们说话，不知情的人还以为父亲在和人讲话。牲口似乎能听懂父亲的语言，在父亲面前总是很听话。父亲种了一辈子地，和牲口打了一辈子交道，见到牲口就如见到老伙计一样。

平时在老屋做饭时一般烧玉米秸秆或麦秸秆。柴火烟大，通常不经烧，一大堆柴一会儿就没了。蒸一次馍要烧许多柴，冬天还好，暖和，夏天柴火很烤人，真是苦差事。硬柴得留到待客时烧，怕烟气熏到客人。秋天里，瓜果成熟了，若煮的东西吃腻了想换种吃法，就把玉米、红薯、大蒜、柿子、苹果埋在做饭时烧过的火堆里，待吃完饭，灶膛里埋的东西也熟了，吃起来特别香。后院那棵柿树结的柿子红红的，像灯笼一样挂在枝头，特好吃。母亲把柿子一把一把地捆起来放在烧炕上面的木板楼上，冬天把柿子放在锅沿暖着，我们便可以吃到热乎的柿子，那种感觉真幸福。

在老屋，我曾有许多尴尬的经历，当时觉得说出来让人笑话，现在想起来却很有意思。有一次我半夜起来上茅房，回来时迷迷糊糊地把案板当成炕，竟躺在上面睡着了。不知过了多久，母亲发现我不见了，在案板上才终找到已熟睡的我。

我是家里最小的孩子，从小被父母捧在手心。小时候的我很淘气，也很贪吃，尤其爱吃甜食。那年月没有零食，副食一般用来走亲戚，收到的礼品多数用来回礼。母亲收到的礼品一般锁在柜子里，我时常趁母亲不在时想方设法找到钥匙开启柜子偷糖吃，甜了嘴巴也甜了心。有一次，母亲发现柜子里糖少了，问我是否拿了，我死活不承认，后来在母亲的严厉追问下才如实招了。从此，二姐便给我取了个绰号——"偷糖的"，说我"贼嘴硬如钢"。每次和二姐吵架，她都会喊那恼人的绰号，让我无言以对，不过也只能怨自己，谁让自己那么贪吃呢？

这些久远的记忆，现在回想起来也格外亲切，然而童年一去不复返，那段时光只能成为生命中永远的回忆，就如夕阳下的那一抹苍凉。

在老屋，最难忘最温暖的便是烧炕，尤其在冬天，炕上总是热乎乎的，如果做饭后还不够热，母亲总会往后边的炕洞里塞些柴火，再捂些可以耐高温的碎柴，使炕上整晚保持暖和。冬天睡热炕，再盖上厚厚的棉花被，是种莫大的享受。城里人无法体会到农村人对热炕的情结，在农村人心中，炕是温暖的代名词。

老屋是我儿时快乐的源泉，同时也是我的伤心地。那一年，父亲在一场意外中离开人世。父亲最后是在老屋走的，当时的情景我终生难忘，老屋里母亲那悲恸的哭声至今仍回响在我耳边。

父亲走了，我们的"天"也塌了，从此在这世界上最疼爱我的人就只有母亲了，我成了没有父亲的孩子。之后的日子里，我、母亲、哥哥在一起生活，哥嫂住在院子里的披屋，老屋住着我和母亲。我们在那儿住了好几年，母亲成了我的安慰，我成了母亲的依靠。父亲走时，哥哥姐姐都已成家，只有我还在读书。每次我从学校回到家中，母亲都把自己舍不得吃的东西拿给我吃。在她心里，我就是一只馋猫，有多少吃的都能消化。

那时中秋并不过节，没有什么特别的。父亲走时我都不知道世上还有一种叫"月饼"的东西，父亲一生没吃过月饼。在我的记忆中，中秋前后正是农忙时节，这时间农村人没啥闲情过节，我只知道八月十五这天娘家会给出嫁的女儿送去柿子，条件好些的人家再配些油饼。那时油饼很稀罕，舅舅家时常给我们送油饼，我一直觉得油饼就是八月十五最好吃的东西。

我上高中时，农村渐渐兴起过中秋节，过节时也有人互相送月饼，不过确切地说，那是点心。那时二姐给母亲买了一包点心代替月饼，母亲却舍不得吃，将其锁在箱子里留给了我。那点心用纸包着，一包有五六个，圆圆的，表皮白里带黄，中间有些红色的圆点，点心里的馅有冰糖、果仁、花生，吃起来酥酥甜甜的，咬一口直掉渣。

我在老屋度过了许多悠闲时光。母亲在那里教我做饭，教我纳鞋底。哥嫂下地干活儿后，我一边拾掇家里，一边听收音机里的秦腔戏。现在回想起来感觉那时的光阴真慢啊，悠悠闲闲，像秋夜的月光缓缓流淌。

我高二那年，母亲和我搬离了老屋，去了北街道二哥家那边。大哥一家住到老屋，三哥住老屋隔壁第三间屋子。我人虽然离开了老屋，心却一直住在老屋，那里毕竟是我生活多年的地方，承载着我童年所有的记忆，那儿有我熟悉的一景一物，有我熟悉的街坊邻居。

在我高中毕业后的第二年，母亲走了，世界上最疼爱我的两个人从此都不在了，伤心之余我离开了故乡，在南方安顿下来，一住就是多年，对老屋的怀恋只能深藏在心底。

后来，农村进行大改造，大哥建了新房，老屋也被拆了。我想，这是老屋的宿命。老屋虽然不在了，但我记忆中的家一直都在。这些年来，我曾无数次梦见母亲，梦见母亲和我在老屋里说话，梦见我和母亲一起关院子门楼的门和老屋的前后门。老屋之前的木门并不牢固，还有裂缝，母亲总担心门闩不结实，一定要用铁锹或其他农具顶住才睡得安稳，要是我去关门，一定会再多加一个顶门杠子。

就这样，一夜又一夜，我和母亲不停地关门，关老屋的门，关院子的门。

我很少梦到父亲，或许是因父亲已走得太久了，父亲离开有三十年了。前几天我竟梦到父亲给院子里的花树挖坑，教我给花浇水，父亲让我把花养好。清晨醒来后，我很想大哭一场，这么多年了，父亲终于走进我梦中，和我说了那么多的话。我多么希望这个梦能延长几个时辰，但梦总会醒来，留下的只有怅然。

　　老屋，是我们曾经温暖的窝，是我生命中最重要的部分。又到中秋了，我却最怕过节，因为回忆总是这么伤感，伤感之余，唯愿二老在天堂静心安养！

乡　恋

　　回乡的脚步越来越近。

　　在飞机起飞的一刹那我的心也随之飞了起来。我闭上眼睛，回想故乡种种熟悉的场景，仿佛嗅到故乡泥土的芬芳和秦岭气息的苍茫。

　　飞机顺利抵达咸阳机场。从飞机上往下看，广阔的黄土地是那样亲切，村镇星罗棋布地散落在一望无际的田野里。就快踏上养育了我二十多年的乡土周至，我的心几乎要跳出来。

　　哥嫂已在机场外等候多时。亲人相见，分外欢喜。哥哥的两鬓已青丝成霜，我知道，那是一个又一个如水的日子慢慢浸染的。久别归乡，我兴奋得像个孩子，一路上问这问那。若不是随哥嫂一同回去，我真找不到自家门口了。村子早已变了样，低矮的瓦房没了踪影，泥土路变成水泥路，街道两旁的楼房鳞次栉比，每家院子里都开满鲜花。

到家后，哥哥切西瓜，嫂子忙着炒菜，我心里顿时暖融融的。一种永远无法被取代的亲情弥漫心间，回家的感觉真好。嫂子提前为我们收拾好房间，新房宽敞明亮，新铺的床单温馨清爽，我好奇地在房前屋后细细打量。邻居们得知我回家了，都热情地前去我家嘘寒问暖，询问我在深圳生活的情况。熟悉的乡音，在我听来是世界上最美的声音。

田野里也是另一番景象。村子旁那一条笔直的水泥路直通到山脚下，路两边是成片的猕猴桃园，藤架上挂有密密麻麻的果子，鸡蛋大小的猕猴桃藏在茂密的枝叶间。果子大多为青棕色，表皮毛茸茸的。李子树上，红彤彤的果子分外诱人。庄稼地里，玉米已抽须。村子南边原先那片林场现已建成西安武警学院。山脚下是一条宽阔的公路，公路依山势延伸，一辆辆汽车疾驰而过，人们把这条环山路叫"旅游路"，我想，这是一条通往幸福生活的大道。记得二十多年前，村子里有许多果园，但因交通不便，果子的价格异常低廉，之后人们把树砍了，改种庄稼，现在这里交通便利，各种果园又重新涌现了。

刚到家的那几天，我总有一种恍然若梦的感觉。眼前的一切让我感到陌生，我极力在脑海中搜寻曾经的老房子、老村道。

记忆中，我们的村子并不大，共四个生产队，每队几十户人家。我们住的是土木结构的瓦房，村道是泥土路，地里是一望无际的庄稼。我们家原先的三间旧瓦房若逢连阴雨，便到处漏雨，所以我们在柜子、案板上都放着脸盆和碗，随时准备接雨水。每当秋天来临，父亲便提前爬上屋顶，给屋顶瓦片苫盖一层塑料纸，并用砖头压住，以防塑料纸被风掀翻。那时的村道，晴天尘土大，下雨天穿雨鞋通常鞋底沾满黄泥，若一不小心踩在水坑里，裤腿上就会溅满泥水。

那时我家睡土炕，因铺的席子不够大，褥子时常会沾上土。炕边的土墙我们常用报纸糊上。记得我们小时候没什么零食，常把辣椒面和白糖拌在一起用舌头舔着吃。那时的日子很清苦，为了能让一大家子的人吃饱穿暖，父亲每天起早贪黑，辛劳奔波。

秋天里，父亲和哥哥常赶到西安卖柿子，夜里凌晨一点出发，步行走夜路赶到西安，一车柿子也就卖三四十块钱。卖完柿子，父亲舍不得在外边吃饭，忍饥挨饿地赶回家吃饭。饭后把卖了一天柿子得来的钱拿出来清点，那一叠钱被父亲用手帕包了一层又一层，用粗糙的手指一张张清点着：一元、五角、一角……反复清点好几遍，好像每多数一遍钱就会更多一点。记得灯光下数钱的父亲总是那样的疲惫，目光里有一种让人心疼的满足。

那时候，我们洗澡要赶到几里外镇上的公共澡堂。那时家里没有单独的厨房，锅灶旁边有一个大水缸，要喝水得去井里挑，有时去挑水光是排队就得半晌工夫。我们做饭要烧麦秸秆，时常熏得人睁不开眼睛，做完一顿饭就像受了什么委屈狠狠地哭了一场。我上高中时，全家十几口人共用一辆自行车，我若骑车去学校，家里人就没了出行工具，上集就只能借邻居家的自行车，所以我经常坐同学的自行车去学校。冬天特别冷，穿棉衣戴手套全副武装后，刺骨的寒风仍像刀子一样刮在心坎上。

今时的我站在哥哥的新房前回忆沉思，家乡的巨变让我惊叹。在深圳的时候，儿子最担心老家的洗澡问题，现在看来，他的担心是多余的。哥哥家的后院已有专门的洗澡间，洗澡间内安装了太阳能热水器，每天都可以舒舒服服地洗热水澡，热水、燃气直通到厨房。现在的烧炕都用水泥砌成，洁白的墙上挂着拼图风景画，炕墙上安装了崭新的空调。这样的炕，比任何一张床都舒适。家里的代步工具由原先的自行车换到后来的摩托车，再到现在三个哥哥家各有一辆汽车，生活越来越便捷。一到节假日，村里各家在外工作的人都从外边赶回来，村里的街道上汽车排成长龙，如此壮观的景象是我多年以前未曾想到的。

现在的周至，最为出名的就是猕猴桃。那一片片猕猴桃园，承载着人们的梦想。果子成熟的时节，外地货客都纷纷去地里看果子，满意的话就当场订货，果园主人便请人摘果子。当然，还有另一种售卖途径——网销，圆通快递、顺丰快递在各村都有设点。一箱箱猕猴桃从家乡运往全国各地，从而被广为品尝，天下闻名。哥嫂都很会种猕猴桃，他们种出来的猕猴桃个大、味甜，总得到邻里的一致称赞。农村人的劳作是辛苦的，收获的果实却是甜美的。

果实的甜美还源于家乡的好山好水。近年来，家乡的旅游业发展异常迅速，道教祖庭楼观台非常壮观，广场上的雕塑充满浓郁的人文气息。周至的水街、财神庙、秦岭国家植物园、耿峪沟是近些年新开发的景区。周至水街又叫"沙河湿地公园"，水街里的河亦叫"骆水河"，沙河的发源地骆峪曾是黄帝的第三个儿子骆明的封地。当地政府结合沙河的历史文化积淀，选择性地吸收周至历史上的民风民俗，建成多个景点，使之成为中国首个充满地域人文、历史、文化气息的水街。步入水街，仿佛置身江南水乡。水道蜿蜒曲折，在微风的吹拂下，河水泛起阵阵涟漪。水道两岸杨柳依依，亭台楼阁临水而立，古色古香。富有当地特色的商铺、茶馆林立在沙河四周。周至水街由此成为人们休闲的好去处。

暑假期间，家里没有多少农活儿，亲友们相约一起去耿峪沟。耿峪属于秦岭七十二峪之一，位于周至境内。进入峪内，绿树环抱，溪水淙淙。沿途零星有一些农家乐、度假山庄，一家挨着一家一直排到山里头。这里山花烂漫，山风凉爽，是避暑的好地方，深受城里人喜爱。我们带了核桃和西瓜，把西瓜在水中浸泡多时再取出来吃，口感就像从冰箱里拿出的一样。中午我们在农家乐吃午餐，竟然吃到了二十多年来都没吃过的槐花麦饭，还是记忆中的味道，我兴奋极了。吃完午饭，我们就地铺一凉席在河边休息，孩子们忙着捉泥鳅。只见有一家人在船上支起一张小桌子，桌子旁边放一个袖珍煤气罐，一家人竟在此吃起了火锅，身下流水叮咚，锅里美味佳肴热气腾腾，那优哉游哉的情景，神仙都要羡慕。

除了游山玩水，家乡人的夜生活也十分丰富。

多年以前，农村人根本没有夜生活，夜间唯一的一点乐趣就是全村人一起津津有味地围着一台黑白电视机观看。如今，随着生活水平的不断提高，农村的文化娱乐生活也越来越丰富。村委会广场上建了篮球场，篮球场边设有各类健身器材。晚上，妇女们常去广场跳舞，在优美的舞曲中，她们有序排列，踩着明快的节拍，尽情地舒展身姿，既锻炼了身体，也愉悦了身心。

村子路口处，新建了两家农家乐，名字都很好听，分别叫"秦寨园""春发芽"。哥嫂带我们去那儿吃过一次饭。那儿环境幽雅，饮食、住宿服务一体化，当然，我尤其喜欢吃的，仍是家乡的凉菜，而外地客特别喜欢那儿的烤肉，总言味道鲜美。

我的运气真好，在暑假回乡的这段时间赶上了许多热闹场面。每到农历六月十七那天，村子里都会举行隆重的请神活动，这一天全村的男女老少都出动。村委会广场上，锣鼓齐鸣，鞭炮声震耳欲聋。秧歌队里的成员基本是各队的媳妇儿，我三嫂也在其中，她们身着花衣、头戴红花、手握道具，看着分外喜庆。众多敲锣打鼓的男人有的穿红衣，有的穿黄衣，同样耀眼。其他人有的扛彩旗，有的抬道具，个个争着帮忙。我给儿子要了一面旗子，跟随队伍一直往山上走，一路上热闹非凡。

那年月，我们村没唱过大戏，我们每次看戏都要去邻近的南千户村或北千户村。多年以后，我第一次在自家门口看戏，感到特别幸福。

农历六月十九那天，是村里一年一度的过会日子。这一天村里的鼓乐队、秧歌队到每个生产队巡回表演节目，同时还请了别村的乐队前来助兴。长长的街道，长长的队伍，整个村子都是一派欢乐景象。到了傍晚，村子里的热闹又进入新的高潮，盛大的文艺晚会晚间开演。晚会的舞台搭建在村子中间的余永路旁，主持人风姿绰约，不断和观众亲切互动。节目还没开始，五彩缤纷的烟花便在夜空盛放，璀璨夺目。每条路都早早挤满了从各村前来观看晚会的人。晚会的演职人员全程都十分投入、活力四射，歌曲、小品、杂技……每一个节目都博得阵阵掌声。

无论家乡的变化有多大，亲情都始终不变。给父母上坟仍是我每次返乡的重要事项。村子里那些原先比较零散的墓地，现已被统一规划挪至村子的东南角处。几排墓碑整齐地排列着，一条小路通向父母的坟墓，墓旁的荒草已有半人之高。

一别十载，天各一方。在父母的墓碑前，我点燃香火，烧了纸钱，此刻千言万语涌上心头，眼窝里早已蓄满泪水。

每次回乡，我只能和父母相聚在荒凉的野外。每当红红的香火烘烤着我的脸，我心里便万分渴望父母能够从沉睡中醒来，看看我的模样，看看村子的变化。

离开时，我默默转过头去又看了几眼父母的墓碑，潸然泪下。如水的光阴冲不淡我对父母深切的思念。父母的歇息之地，是安放我灵魂的永恒之乡。

每一次离别，转身便是怀念。这些年来，无论我去哪里，我的这颗恋乡之心都一直放飞在昔年故乡生活的岁月里。树高千尺不忘根，无论我离家多久，乡音永远不会改变。

　　周至，我的故乡，我愿用生命恋着你。

红河谷游记

红河谷位于陕西关中秦岭的主峰——太白山北麓，是秦岭七十二峪之一。这样一个带有颜色的名字，令我感到新奇。

我们从住在眉县的大姐家出发，滴滴师傅很健谈，瞬间与我们拉近了距离，一路上为我们讲述眉县的发展历史及红河谷的四时景色，显然已成了我们的导游。几十里路程下来，我听得津津有味，对红河谷更充满向往。

到了公园门口准备下车时，我多给了司机师傅十块钱，以感谢他一路上的热情讲解。公园门口牌匾上的"红河释名"四字解答了我心中的疑惑。据记载，红河谷古称"赤峪""红峪""赤谷"。据传"红河"是因太白山神怒斩恶龙后河水被血染红而得名。另一传说是源自三国蜀魏战争。三国时期，蜀军西出祁山进攻长安，与曹军大战于此，死伤惨重，血流成河，染水尽赤，后留名"赤峪"。从科学的角度看，"红河"一名应与太白山八景之一的"红河丹崖"密切相关，此处山体及河道中的石头均由褚红色片麻岩组成，夕阳西下，绯红的河水奔流不息，映照得崖面通红一片，"红河"故此得名。

买完门票后，我们坐观光游览车进山。从入口到中心度假区，车辆需穿过十里峡景区，山路依山势蜿蜒曲折无尽，抬头仰望，山峦嵯峨，直上云霄，瓦蓝的天空像光滑的蓝宝石一样清澈明净。沿途有不少自然景观：莲花洞、玉柱飞虹、观音寺、仙桃飞帘、神龟宝蛋、飞虹瀑……流水哗啦，乱石满河。车行景异，镜头还没对准一处景便一晃而过了。公园的中心区散布着大大小小的饭店、宾馆、商店、度假村，廊榭亭台，依山傍水。

红河谷公园共分为四大景区，分别是十里峡景区、神仙岭景区、文公庙景区、野人谷景区，位于公园中心的度假区是通往各景区的中心站。我们选择了神仙岭景区路线，首先到达百瀑潭，宽阔的河流中横卧着一棵巨树，树干侧面赫然出现"红河谷"三个大字，字的底色为黄色，树干是供游客通行的独木桥。河中修筑了拦水坝，上百个层级的瀑布形成一道道水帘，跌宕奔腾，蔚为壮观。河流两岸绿林茂密，野花正艳，我们轮番站在横木上拍照，怡情山水，乐在其中。

过了百瀑潭，便看到一座巍峨的山峰，山阶一眼望不到头。我本打算在一处平坦的地方看山玩水，儿子和侄女却选择登山，先生表示赞同，我就少数服从多数了，反正自己也穿着运动鞋。我们沿着陡峭的山阶拾级而上，山阶在蜿蜒的深谷幽林中望去，不足一米宽，两边绿树掩映，像撑开的绿伞为游人遮挡烈日。爬山的游客并不多，偶见零星两三个人。刚开始大家都精力充沛，你追我赶，随着山势越来越陡，每个人的体力状况就逐渐凸显出来了。我的体力很好，越爬越精神，每次回到家乡仿佛总有用不完的精神，吃啥都香，玩啥都不累。先生体力逐渐不支，举步艰难，儿子走在后边陪着爸爸，我和侄女走在前面，没多久就已把他们父子甩得老远。我心想，先生到底是南方人，在巍峨的秦岭面前便可显露地域性体质的差异。记得在深圳我们常爬凤凰山，我每次都累得气喘吁吁，对于他来说却是小事一桩。爬梧桐山时，我也总是被儿子和先生前拉后推，每次也只能爬到小梧桐山的山顶。而在北方，在大秦岭面前，我仿佛瞬间变了个人，精力格外充沛，许是故乡灵秀的山水赋予了我无穷的力量。

　　越往上爬，山路越窄，忽陡忽缓，山路的一边是悬崖一边是深渊，游人也越来越少，到此刻我们都已筋疲力尽。先生脸色苍白，冷汗直流，体力仿佛近于透支。我们向保洁员大叔打听前路，大叔告知我们已离山顶不远了，前面的路会好走些，要我们再坚持一会儿，我们这才又打起十二分的精神继续行进。果然，前方道路平坦许多，每走一段台阶路，就会有相对平坦的土路。快接近山顶时，空旷的山峦令我们心间顿觉豁然开朗，我兴奋地大声呼唤，回音仿佛从谷底冒出，在两山之间回荡。我站在临近山顶处眺望，只见峡谷纵横，天连着山，云在天下，仿佛只要登上峰顶就可以触摸到洁白的云朵。

山穷水尽已无路，柳暗花明见一峰。我们不知又爬了几千级台阶，终于看到传说中的凌云栈道，我顿时不寒而栗。凌云栈道修建在红河的丹崖绝壁之上，万仞高岩，岿然屹立，从下往上是无数个"Z"字相连，一折再折，撼人魂魄，可以想象当年修栈道时有多么惊险。要在裸露的岩石悬崖上打孔钻眼，需以粗壮钢筋插入作为支撑，再焊接钢管作为栏杆，焊的钢板为踏步平台。悬空的栈道对于恐高的我来说，简直就是登天的梯子，我第一个念头便是按原路返回，但转念一想已攀登至此，放弃实在不甘心。他们几个胆子大，想继续前行，承诺全力保护我，举棋不定间，我已被拉着前行。

头顶烈日，前路未卜，先生紧紧抓住我的手，我另一只手紧紧抓住铁链，每挪脚一步都战战兢兢。一看脚下是万丈深渊，我就大气不敢出，深知风景独好，却也不敢看四周的山色，只硬着头皮往前走。我老是怀疑栈道是否足够结实牢固，总是担忧万一栈道松垮了咋办，我越想越怕，但此时已进退维谷，后悔也来不及了。峰回道转，我不停地变换左右手抓紧铁链，先生有力的大手给了我前进的力量，偶尔看一眼远方，山峦逶迤接天，心想偷看一眼已是奢侈。儿子和侄女非常兴奋，他们轻快地走在栈道上，在我身后给我打气，我真羡慕他们的年轻胆大。为了留下纪念，他们一人抓住我的手，一人扶着我的肩，先生为我们三人拍了一张合照。山高路远，爬不完的栈道令我越来越心慌，我一直在喃喃自语，为自己壮胆。

终于，在我的热切渴望中我们爬完了栈道，当双脚终于踩在青山道路上，惊魂甫定，心里踏实许多，并有一种山高绝顶我为峰的自豪。自始至终，先生一直紧握着我的手，事后每每想起我都感动得想哭，没有他的陪伴，我绝对没有勇气踏上那险峻悬空的栈道。四嘴山的峰顶，古木苍苍，松柏连片，灌木野草丛生，树叶在风中沙沙作响。我们每人刻了一枚奖章，奖章上面刻有自己的名字和四嘴山的海拔高度，算是对自己成功登顶的奖励。

山顶上有一玻璃观景台，登上此台可以欣赏到更壮美的自然风光，只是此时纵然借我一百个胆，我也不敢上去体验了。坐下来休息，发现时不时有小松鼠从林子里跑出来，在树下嬉戏，看见游人便赶紧逃跑，似在与游人玩儿捉迷藏。

我们吃了些东西补充体力，片刻休憩之后，便往神仙岭索道方向走去，准备坐缆车下山。走在几百米的木板台阶路上，我双腿发软。常言道"上山容易下山难"，其实我觉得上山下山都不易，上山考验的是身体综合素质，下山考验腿力。下山途中的风景真美，青树翠蔓，秀色欲滴。我们不知下了多少台阶，终于到了神仙岭索道的上站，站点设在梁顶平台，我们乘坐缆车下山，只见玻璃窗外风景如画。爬山几小时，下山就几分钟，不过若是坐缆车上山，人是轻松，但欣赏不到沿途的美景，体验不到登山的乐趣。

神仙岭索道的下站对面是宽阔的河流，河流中有水道可以玩儿漂流。水道宽约一米半，河水清澈见底，怪石嶙峋，我们顺流而下，只见两岸草木葳蕤，溪水时而激越时而舒缓，高大的树林在头顶搭起天棚，水时不时地拍击在大石上，顿时白浪飞溅。游人或坐在大石之上，或立于溪流之中，自得其乐。我蹲下身子，把手浸入水中，只觉冰凉透骨，随后站在石头上观景。

夕阳下，晚霞映照着山谷，溪涧漾红，崖体泛着金光，这避暑胜地让我流连忘返。秀美的红河谷留下了我们攀登的足迹，也给我们留下了难忘的记忆。简单的一次爬山，却让我明白了至深哲理：人生之路如登山，须迎难而上，坚持到底，才会领略到最壮美的风景。

青山不老，红河长流。我离开故乡两年了，红河谷旖旎的风光像一幅锦绣画卷，时常展现在我的脑海。我期待下次漫步于十里峡，感受壮观的斗姆瀑布。

心在蕰山屋水间

　　经由老同学的引荐，我有缘结识了周至作家——景卫萍老师，她的文字质朴清新，富有灵气，读起来是一种享受。

　　在景老师所发文章的各种公众号中，我对"周至文苑"一见倾心，随即关注。这是一个由老家周至作协主办的公众号，里面内容丰富，版面清爽，有许多本地作家的作品，也有一些名家名篇。深沉的文学情怀一直弥漫在我的心间，徜徉其中，仿佛长久漂泊的心有了家的归属感。抱着尝试的态度，我把自己的拙作《故乡的眷恋》发至投稿指定邮箱，心中有几分期待与忐忑。很快，编辑老师选用了我的文章，我颇感意外，但更多的是激动，那是我第一次在家乡的公众号平台发表作品。

　　离乡已近三十年光景，我却常常生活在过去家乡留给我的印象里。我的网名为"故乡云"，创作的处女作也名为《故乡云》，这都是我对故乡最深情的告白。

自第一篇文章得以发表后，我对故乡更多了一份依恋之情，"周至文苑"成了我心灵的港湾。后来我陆续在上面投稿，基本都是关于故乡生活的篇章，我的作品都能在第一时间发表，我深受鼓舞。

在这期间，我加了编辑王军强老师的微信，王老师对我的作品予以肯定，虽然与之交流不多，但我能感受到王老师为人的谦和与真诚。后来偶然得知王老师在担任周至县的作协主席，我深感意外。身为作协主席的王老师竟然毫无架子，精心编辑每位作者的作品，他低调、敬业的精神令我无比钦佩，但我依旧没改变称呼，因为我觉得"老师"这个称呼更亲切。

我往"周至文苑"公众号投稿的作品中，有一部分是我的散文集《故乡云》中的文章，之前我从来没投过稿，可以说是原创首发。新作中主题凡是关于家乡的，我都乐于第一时间展示在家乡的公众号平台上。二〇一九年，王老师把我的散文《故乡的眷恋》推荐给家乡的杂志，最终发表在《鳌山厔水》的第二期。收到样刊的那一刻，我欣喜不已，我与王老师素未谋面，却得到王老师的如此抬爱，让我这个背井离乡的人感到特别暖心。同年，在王老师的鼓励下，我参加了"庆祝新中国成立七十周年，喜看周至新变化"网络征文大赛，我的作品《乡恋》最终荣获三等奖。这是我第一次在家乡参赛，感动之情无以言表。我暗下决心：今后要写出更多关于故土风物的作品，报答家乡的养育之恩。

二〇二〇年春节前夕，我想把旧作《记忆中的年味》展示在家乡的公众号平台上，我想在春节前发关于年俗的作品应该比较应景，但由于我的疏忽，事前未告知王老师该作品曾参赛评过奖，致使王老师编辑了大半天却无法发表，后来他通过自己的关系把我那篇文章单独转发给家乡的公众号平台。这件事令我一直心怀愧疚，王老师内心的宽仁也让我更加自责，暗自发誓绝不再犯此类错误。

去年清明前夕，正值父亲离世三十年之际，我的《回忆我的父亲》在"周至文苑"如期发表，这让我激动不已。虽然那是十年前的旧作，但发在家乡的公众号平台上是我长久以来的心愿，我渴望自己的文字能真正融入家乡的山川大地，能与九泉下的父亲母亲融为一体。

我的旧作《青春如歌——我的高中生活点滴》发表于公众号"家在鳌山厔水间"。这篇旧作唤醒了我的青春时代，不仅是我对高中生活的追忆，更是我对家乡的满腔深情。几年以来，我在公众号"周至文苑"和"家在鳌山厔水间"共发表散文十八篇，此二者是以表达家园情怀为主题的文化平台，是我眺望家乡的窗口。

故乡的一景一物都在我心中留下了永不磨灭的记忆。鹰嘴峰、古庙、老井、土炕、老屋、父亲的花园、母亲的顶针……这一切，是我永远的精神家园。

多年以后，故乡成了回不去的远方，但我的心永远在鳌山厔水间。

粤东三佳村

出生于秦岭山脚下的我在故乡生活了二十多年，故乡的一山一水、一草一木，都深深镌刻在我的心灵深处。多年以后，故乡成了我回不去的远方。

高中毕业后的第二年，我不顾母亲反对，执意离开家乡南下广东创业。年轻的心比天大，总以为梦想就在前方。几经辗转后，我在深圳的一家电子公司开始上班。在那里，我结识了一个来自广东梅州大山的斯斯文文的青年。从此，我的生命和大山有了割舍不断的情丝。

人常说："有缘千里来相会。"初识先生，是在一九九五年的中秋节前。依稀记得，他说中秋节要回趟家，家在山里，是个穷乡僻壤的地方。后来，当我第一次随先生回他的老家，我才算是真正开了眼界。一九九七年春节我们一起回先生的老家——梅州。我们先是坐大巴到山路口处，当望着那高大的山脉，我心生几分胆怯。路为石沙路，并不宽，坑坑洼洼的，山里人来去都骑摩托车，哥哥原先要用摩托车载我们回去，生性胆小的我不敢坐，路旁一眼望不见底的深沟令我望而生畏。我执意步行回去，先生只好陪我一起走，终究是第一次去他家，总不能丢下我一个人。山路弯弯曲曲，七折八拐，我顾不得欣赏山上的风景，一路上我问得最多的一句话就是"到了没有"，先生每次回答的话都是"再转个弯就到了"。然而，我们转了一个又一个弯，先生的家依然云深不知处。都说山路十八弯，而我们回家的路，感觉已不止百道弯，人都已转晕了。我突然有一种被骗的感觉，心里莫名地懊恼。

终于快到村口了，顺着弯曲的山路往里走，只见路两旁是依山而建的住户房屋。村边的房子有些稀落，有的在半山腰，有的在山脚下，看起来非常陈旧。山村人家的房前屋后都是鸡鸭成群，几只小狗见了陌生的我便"汪汪汪"地叫起来，许是在迎接我这个外乡人的到来，却也吓得我止步不前。

终于到家了，先生的家里人热情招待着我这个外地媳妇儿，我依先生的口气叫公公婆婆"阿爸""阿妈"，公公婆婆非常开心。这是我第一次走进客家山村——三佳村，村子并不大，整座村庄的房屋都已有一定的年代了，看上去陈旧不堪。这里的房子依山而建，有的在平地上，有的挨着山脚。村子里有一条大路，一直通向村尾向山里延伸。我们住的这一层平房建在祠堂的斜对面，来来往往的人都要经过。整个村子住户并不多，我们住的房子周围住户比较集中，另一条路旁的房屋有些零散，东一家西一家，有的房屋建在山的半坡上。

客家人一个家族有一个围屋，围屋是由一间间房屋连在一起的。先生家的围屋是方形的，房屋在四周，一间连着一间。围屋以天井为界分为上堂、下堂，上堂比下堂高出一个台阶。围屋的左右有厢房，漆黑的瓦楞角上常挂着残破的蜘蛛网。左厢房廊角处有一大石磨。围屋中间是祠堂，祠堂的大厅是祭先祖的地方，墙壁正中挂有一幅先人的遗像。祠堂前有个天井，太阳光可以照射进去，下雨天雨水也可以淋到。听说这里的祠堂在之前住有整个家族的人，后来各家建了平房，祠堂就用来放东西。我大概数了一下，围屋内有近二十间房屋，遥想以前家族中人一起住在围屋里的场景，一定无比热闹。祠堂门口是一块平整宽阔的空地，空地前是一条流淌不息的小河，河水清澈见底，水草浮动，我与小河一见钟情。

南方人不像北方人习惯一家人同住一个屋檐下，南方人喜欢分开住。阿爸住在祠堂旁的一间老屋里，不远处是厨房，厨房隔壁是哥嫂住的一间平房，中间隔一条小路，小路一旁是阿妈的房屋，我们住在阿妈房屋隔壁的一间。这间房屋地势相对偏高，房内空间却非常狭小，只能放下一张床、一个茶几、四把沙发椅、一个摆放物品的柜子，还有一台缝纫机，我们将行李箱放在缝纫机上。人说，入乡随俗，随遇而安，我本是地道的农村人，虽对先生家乡的一切略感惊讶，但心里还是安然接受的。此后我便成了这山里的媳妇儿，这是从前做梦都没想过的事。

我这个外地媳妇儿的突然到来对于这个偏僻的小山村来说，似乎是一件非常稀奇的事，邻里的热情让我印象深刻，家里人就更不用说。看得出来，阿爸阿妈对我这个未过门的儿媳十分满意，哥嫂对我也很亲切客气，侄子侄女们更是每天围在我身边。阿妈忙里忙外，尽力做适合我口味的饭菜。不断有邻里去家里闲聊，他们更多是想看看我这个讲普通话的外地媳妇儿。山村里的孩子热情而略带羞涩，见了我便亲切地喊"娘"，让我一下子有些适应不过来。

客家话实在难懂。我第一次听客家话时感觉像是在听天书。每当有邻里去家里坐，我唯一能做的就是不停地给客人续茶水，而家里那些杯子实在太小，喝一口就见底，我续茶水的动作重复了无数次，或许也是为了缓解尴尬。北方人没有喝茶的习俗，客家人却家家备有茶具，若有亲戚邻里到家里来，客家人一定以茶招待，喝茶已是客家人的一种文化。

小小的山村看着不起眼，过年却比我想象中还要热闹。

年前家家户户忙着准备各种食物，最重要的便是酿豆腐、酿黄粄。阿爸在楼顶晒了许多腊肉，有鸡肉、鸭肉、猪肉。家乡人的热情超乎我的想象，无论我走到哪儿，大家都热情地邀我进屋喝茶，我感受到了一种从未有过的暖暖情意。每当堂嫂们围坐在一起烤火，总会叫上我这个言语不通的外地媳妇儿，尽管我对她们谈笑的内容一知半解，却也非常开心。她们的热情如旺盛的柴火，融化着我这颗孤独思乡的心。

这是我人生中第一次在异乡过春节。那遥远的小山村虽然居室简陋，但我并不觉得寒酸，我珍惜公婆给我的温暖。阿爸阿妈得知我不爱吃米饭，便每天专门为我煮一碗热气腾腾的瘦肉米粉，阿妈亲自给我端到房间。青色的芹菜、葱花漂在上面，香喷喷的。一碗普通的米粉，带给我无限温情。阿妈，一个瘦小的老人，头发斑白，满脸慈爱，时常去我房间和我说话，我们虽然言语不通，难以交流，但只要阿妈静静地坐在我身边，我就能感受到她老人家满心的欢喜。生活上，我难以忍受的是房子里没有卫生间，晚上得在床边放个小桶。

仅仅几天的山村生活，却带给我满满的感动。离开时，阿妈一直送我们到村口，满眼不舍，拉着儿子的手直抹眼泪。我当时很感动，觉得先生好幸福，那么大了还有老妈疼爱，再想想自己，父母都离开了，不禁暗自神伤。在回深圳的路上，先生对我说了一句话我永远忘不了，他说："你要是不嫁给我，我以后就没脸回去了。"听了他的话，我很感动。后来，我终于成了这里的媳妇儿，也许就是为了不辜负先生那句恳切的话语。

母亲去世三周年后，我和先生在西安老家领了结婚证，只简单地请了几位亲友，没有回山里办酒席，没有仪式，糊里糊涂地我就成了山里的媳妇儿。儿子出生前，阿爸阿妈从山里来到深圳，照顾我坐月子。我们在外面租了一套三室两厅的大房子，从此我们成了同一屋檐下的一家人。儿子出生前，阿爸阿妈啥也不让我干，我每天只负责吃各类佳肴补品，即便彼此之间语言不通也没多大关系，我们依然相处得很融洽。

儿子出生后，阿爸阿妈更忙碌了。阿爸每天去菜市场买菜，阿妈全身心地照顾我和儿子。有一次，阿爸从菜市场买回一碗云吞，说这是饺子，我莞尔一笑之余更多的是感动。阿爸一个南方人，竟然分不清云吞和饺子，他知道我这个来自北方的媳妇儿喜欢吃面条、饺子，就专门买给我吃。接下来的日子里，一家人都忙着照顾孩子。月子里的我像个少奶奶，儿子每天睡的时间特别长，我也是吃了睡睡了吃。阿爸每天都买只鸡回来，给我做酒煮鸡。虽然阿爸阿妈对我的照顾很周到，但我还是时常想起自己家乡的亲人，想起已故的父母。若我嫁到自己的家乡，坐月子时会有很多亲人看望，而如今我身处异乡，见不到一个自己家乡的亲人，不禁暗自伤感，心想要是父母还健在该多好。

在深圳时，阿妈给我们带了七年的孩子，这期间我们也回过山里，每当夏天回去，许多东西都要自己带，如同一次小型搬家，因为出山购买生活用品很不方便。白天山里很热，晚上比较凉爽，我们住的房子从早上到下午一直都被阳光照着，白天房内温度与蒸笼无异。我时常和先生开玩笑说："住这地方有钱都花不出去。"在这里想吃水果得出山到镇上买，先生不会骑摩托车，我们只能老老实实窝在山里，好在我不喜欢热闹，否则在山里待上个十天八天真是活受罪。住在山里最让人尴尬的事是如厕，山里的茅坑简直不堪，夏天还会有蛆虫在爬，我每次上厕所都得做好充分的思想准备。

但无论怎么说，那儿终归是先生的老家，是儿子的根，我必须接受。我时常安慰自己只是在此地暂住几天，心中纵然有一些不满也不能表现出来，怕村里人说自己好摆架子。

我钟爱的，是屋子旁边的那条小河。小河日夜流淌，叮叮咚咚，夜夜伴我入眠。在小河边洗衣服，是一件无比惬意的事。每次回到先生的家，我都会把阿爸的衣服全部清洗干净。河水并不深，清清的，缓缓的，河道两旁的水草格外茂盛，水底的沙石亮晶晶的，我喜欢光脚站在水里，冰凉冰凉的。在河边洗衣，感觉自己仿佛成了传说中的浣纱女，我喜欢那种纯粹的山村气息。

人常说，靠山吃山，靠水吃水。山里人吃的是山泉水，水管从山上一直通到各家厨房里，非常方便。山泉水甚是清甜，冬天微温，夏季冰凉。

站在门前放眼望去，房前屋后的山、地上的林，到处都是一片苍翠，绿得逼眼，怪不得先生常说他的家乡是神仙居住的地方。

每到春节回山里过年，我都能感受到一种浓郁的地方特色。客家人有"不打黄粄不过年"的说法，过年时常见嫂子们抡起臼槌，用力在石臼里捣着米团，金灿灿的米团寓意来年丰收。家里没有电视机，每年我们看春晚都是在对面的堂嫂家看，堂嫂每次都热情地招待我们，这对于我这个喜欢看春晚的人来说是十分开心的事。

山里过除夕也很热闹，尤其是在接近零点的时刻，迎春的鞭炮声噼里啪啦地从四面八方传来，震耳欲聋，村里的小黄狗吓得四处躲藏，"年"的味道就是那鞭炮声连天的火药味。有阿妈在，我每次回到山里都像是个回来度假的学生。阿妈的脸上总是露着笑容，勤劳善良的她没有受过文化教育，没有甜蜜的话语，但她一直用平凡的母爱去疼我这个外地媳妇儿。已失去父母亲的我，同样把阿妈当成自己的母亲。阿妈随时给我们供应开水，常提着热水瓶慢慢悠悠地从厨房走到我们房间，有时我们叫阿妈和我们一起聊天，阿妈总像个害羞的孩子一样坐在一边，即使听不懂我们说的话，也十分开心与满足。有阿妈在，我感觉自己就像是在山里长大的孩子，是大山的女儿。很多时候，我觉得自己是幸福的，虽然双亲早早地离开了我，但上苍却为我安排了一对疼爱我的公婆，这是上苍对我的垂怜。

每次回到山里，离开时我都有一种淡淡的不舍。那弯曲幽静的山路、那热情淳朴的山里人，总带给我一份莫名的感动。我们每天吃的食物清淡新鲜，热情的婶婶们、嫂子们总把自家种的蔬菜拿给我们吃。记得儿子4岁时放暑假跟我们回了山里，最后竟不肯回来。家里的侄子侄女都特别亲近儿子，常带儿子去山上提山泉水，和儿子玩儿捉迷藏，在那个暑假，小家伙尽情享受着在老家的快乐时光。

二十多年来，我这个山里媳妇儿回山里的次数并不多。儿子上小学后，阿妈觉得闲时太多就回山里了，任我们怎样劝说都执意要回去，而我们只有在寒暑假才能回去。后来阿妈有一阵子一直卧床养病，是在妹妹家度过了人生最后的三年时光。现在每当想起此事，总觉得心中有愧，我们陪伴阿妈的时间太少了。如今阿爸自己生活在山里，老人家在深圳生活感觉不习惯，语言不通，白天我们都去上班了，身边连个说话的人都没有，所以我们也没有勉强留阿爸在深圳住，山村里空气好，且随时可以和邻里说说话。

每次回到山里，儿子成了我最亲密的伙伴。先生每天像个孩子般欢快，常常找邻里聊天，时时陪我的是儿子。每天早饭前，我和儿子去村头村尾散步，清晨的山村幽静极了，路两边长满各种植物，空气格外清新。我们沿着山路慢行，听溪流潺潺、鸟儿啾啾，时常拐了好多个弯都看不到人影。在散步中，我更多的是用心感受山村风情。

不知从何时起，我发现自己喜欢上了那个偏僻的山村——三佳村。自从阿妈走后，每次回去看不到阿妈那忙里忙外的瘦小身影，我心里总有些失落。回家经过阿妈的墓地，总让我思绪万千。

我们住的屋子，二十多年来一直未曾修缮，陈旧如故，但邻里们依然会热情地去屋里小坐。每当姐妹们来，我们那局促的屋子便成了人气最高的接待室。我也曾心生抱怨，客人一来，便没了自己的空间。这几年寒暑假我们回山里看望阿爸，最让我感动的是，每次回去阿爸都给我们杀鸡、酿豆腐、做卤肉，阿爸以自己的方式表达满心欢喜。

前些年，围屋已经重新修缮。如今围屋的外墙面洁白，屋形设计独特，围屋成了村子中央一道古朴的风景。围屋门前的空地已被打成水泥地面，曾经的沙石路也已铺成水泥路，同时村子里也建了不少新房。山村发生了如此巨大的变化，是令人欣喜的。不过，村子也失去了往日的活力，村里有不少人家在城里买了房子搬走了，村里的小学也早已停办，孩子们都去山外的镇上读书，村里平时住的大多是老人。那个山清水秀的地方，如今几乎成了老人村，不知为什么，想到这里我心中总有一种莫名的悲凉。

记得我的母亲曾说："无论如何都不要把娃留在山里头。"当时我也是这么想的，我自己又加了一条是无论怎样都不要嫁到山里。而如今，我偏偏成了山里的媳妇儿，不知九泉之下的父母是否会怪罪于我。以前，我总是担心别人知道自己是山里的媳妇儿、知道先生家乡的各种窘况。如今，我却释然了，并觉得做山里的媳妇儿挺好。

那个遥远的粤东小山村——三佳村，虽不是我的故乡，我在那儿也没有长久地居住过，但我却悄悄爱上了她。我爱那里青山绿水的秀丽模样，爱那里热情淳朴的人民，爱那里蜿蜒曲折的山路，爱那里缓缓流淌的溪流，爱我们那简陋的屋子，爱那地地道道的客家风味，爱那清甜甘洌的山泉水……

虽然，在那里生活依然有诸多不便，但那儿确实是一个走了不想回、回了不想走的地方。

三佳村，我心中的第二故乡。无论她多么贫瘠，我依然恋她、爱她。

清明记

由于春节我们留在深圳过年，没回梅州那山高水长的三佳村，没陪年过九旬的阿爸喝几杯客家黄酒，没在我们的小窝里住上几天，我感到莫名失落，仿佛过了个假年。

今年的清明假期，竟让我心存期待。那个山清水秀的山村让我牵挂，我想念天堂里的阿妈，回想起和阿妈相处的点点滴滴，总禁不住眼眶湿润。

假期的第一天，我们六点多便出发了。每次回家我都格外兴奋，像是去赴一场旅行。然而，每逢长假路上必堵，回家的路仿佛被无限延长，最让我担心的是日落西山时若还回不到家，被子都没办法晒。原先四个多小时的路程我们走了近九个小时，下午四点才终于回到三佳村。

平时村子里人不多，当我们的车驶进祠堂门前的广场时，透过车窗，我看到阿爸正孤零零地坐在门前的凳子上，他时不时抬起胳膊看一下表，落寞的神情里分明写满了期待。我不禁心中微微震颤，心想阿爸长年一个人生活，虽然身体还比较健朗，却时常让人放心不下。

回到我们的房间，发现床单已铺得平平整整、被子叠得整整齐齐，原来阿爸早已提前备好了，只静待远归人。阿爸已年过九旬，但时常忘记自己的年龄，对我们的照顾始终无微不至。我和阿爸打了声招呼，先生坐下来和阿爸聊天。我顾不得旅途疲惫，赶紧拿起抹布开始收拾屋子。我先把屋子里的梳妆台、衣柜、门窗等都擦了一遍，然后就开始拖地，把房屋门口来回拖了几遍。不多久，房间和客厅便清清爽爽，整个小屋因主人的归来而重新充满生机。

山里的夜，有几分薄凉，屋内外相差好几度。远远望去，整个村子散落着几家微弱的灯火。在昏黄的灯火下，看不到几个人影。黑黢黢的山峦和天幕融为一体，天上的星星寥寥无几，蛐蛐的叫声和潺潺的溪流声一直萦绕在我的耳畔。这样的夜，让久来浮华的心顷刻沉静，无论外面的世界有多么喧嚣，每当回到粤东这个遥远的小山村，我的心都能完全放松。

清明清晨，四面八方绵密的鸟鸣声把尚在沉睡中的人们唤醒。我睁开眼睛，天未破晓，此起彼伏的鸟鸣声如同大自然演奏的天籁，让黎明前的夜色更加迷人。我想，要是嘟嘟（深圳家中养的鹦鹉）回来了，一定会和山里的鸟儿一起歌唱。天刚刚亮时，窗外又传来"咯哒咯哒"的鸡啼声。我心想，这三佳村，黎明前真是热闹啊。

山村的早晨，空气中略带几分寒意，青翠的山峦笼罩着层层薄雾，让人忍不住大口呼吸清新的空气。清明雨仿佛赴约似的轻轻落下，为这个特别的日子染上一种凝重的气氛。不久后，雨又悄然离去。

虽然十里不同俗，但人们缅怀先祖的心情是一样的，各地清明节的祭祀方式大同小异。清明节这天上午，我们和二姐一家、妹妹一家准备了镰刀、锄头、柴刀、锯、手套等工具，一同前往阿妈的墓地。

阿妈的墓地在半山腰，抬头望去，山上林木青翠浓密，沿着陡坡上去看起来有一定的难度。远远一望尽是羊肠山路，没有固定成形的落脚处，一路需拨开草寻路，对我来说要爬上去还真不容易。不过山里的大人和孩子爬山不在话下，纵身一跃就上去了，拐个弯钻进林子里继续往上爬，不一会儿便只闻其声，不见其人。儿子跟在我身后保护我，妹妹在后边用锄头挖台阶以方便我们下山。

山上的野生草木像刀子一样锋利，一不小心便会被割到。我们没戴手套，无法借助草的力量向上攀登，每前行一步都比较艰难。儿子为了护我，脚有一步没踩稳，一下子滑到草丛中，幸亏有树枝挡住。

到了树林里，我们可以借树身的力量前行了。阿妈的墓地那里地势相对平坦，周围全是杉树，针尖似的叶子密密麻麻。二姐手握镰刀开始割草，动作利落。先生抢着柴刀，砍去墓碑上方遮阳的草木，到底是山里孩子出身，一出手便虎虎生风。妹妹也手持锄头,一刻都不曾停下,尽管阳光并不辣,汗珠也不住地从她额头上滑落。几乎没干过农活儿的儿子,割草、拉锯的动作居然也有模有样。我间或割一下草,不小心划破了手指,妹妹、儿子的手也都不同程度地受伤了,先生的手心也起了几个血泡,也许这是祭祖留给我们的特殊印记,我心想。

站在阿妈的墓前,我的内心是平静的,思绪却越飘越远。阿妈那慈祥的面容不时浮现在我眼前,阿妈那瘦小的身影在我面前越来越清晰。想到阿妈生前对我种种的好,我的眼泪就在眼眶里打转。

在大家的合力劳作后,阿妈的墓地周围显得更加敞亮,我的心也随之亮堂起来。环顾四周,树木苍翠,浓密的树梢遮住了回家的路。山下的巡防员不停地向我们呼喊"禁止在山上生火",而来此祭祖的人都比较自觉,没有人在山上焚香烧纸。

我不知道,阿妈盼了多久才等到我们,但我知道阿妈一定望眼欲穿。我在心中默想,今后每个清明都要回来祭拜阿妈。

祠堂旁的一间房子,那是阿妈生活了几十年的屋子,也是伴随儿女成长的地方。在房间里,我们怀着虔诚的心,点燃蜡烛,上好香,待到香灰落地时便开始烧纸衣纸钱,每个人都说出了对阿妈的思念,祈祷阿妈在天堂一切安好。烧完纸钱,我们的祭祀活动便结束了。

《岁时百问》中云:"万物生长此时,皆清洁而明净,故谓之'清明'。"清明，是中国人自古以来缅怀先祖的重要日子，这一天让我的心更加澄澈，生于凡尘的我们，应常怀感恩之情，孝敬长辈，善待身边的每一个人。

在我遥远的故乡，亲人们也以同样的方式祭奠我的父母。身处南国的我，尽管思念如潮，也只能埋藏心底。

唉，这世间，怎一个"清明"了得。

第四辑　生活体温

视　角
——《街巷志》读后感

　　近日拜读了王国华老师的《街巷志》一书。

　　翻开书页，跟随着作者的脚步，在深圳的大街小巷穿行，仿佛能切身感知改革开放后发展水平居于最前沿的城市的日常体温，这是《街巷志》的魅力。此书封面精美，清新的文字透着灵气，不经意间读者便可触摸到深圳的灵魂。有句话是"爱上一个人，恋上一座城"，读过《街巷志》之后，我想说："爱上这本书，爱读每篇文。"

　　《街巷志》是一本十分接地气的书，作者有敏锐的洞察力，善于观察周围的事物，让脚步慢下来，将城市的角角落落收藏于大写镜头中。作者笔下的深圳是立体的，天然无雕饰，文字有温度，思想有深度。作者没有昂起头在文学的天空下高歌都市繁华，没有描绘深圳的高楼大厦和闪烁霓虹，而是将笔墨聚焦于社会底层，以独特的视角展现深圳普通群体的生活。一个平常的早晨、一个普通的夜市、一角公园、一条河流，都能让人仿佛身临其境。

书中有许多插图，有深圳义工、街头打工者、补修铁锅者、广场舞舞者等，几张普通的街景图却照得细致入微，我叹服于作者独特的视角，感动于作者对普通劳动者深切的关注。在作者的笔下，万物皆有灵，花鸟鱼虫、山水草木，都是大自然的精灵，它们用不同的语种与人类对话。作者如一位老友，倾心讲述深圳故事，故事讲完了，听故事的人仍沉醉其中。

我感到作者是一个有情怀的人，书中的每一个字都带有作者内心的温度。书中的许多情节，都不是在刻意煽情，却能深深触动读者的内心。《大梅沙的风铃》一文，作者用朴实的文字记录深圳人民平凡生活中的酸甜苦辣，读罢让人产生一种莫名的心疼。书中有段文字——"有一天打开电脑，彼此对视片刻，妻子突然哭了，眼泪哗哗地流。我无语凝噎，一个劲地道歉。但她关了视频，打下一行字：我不想再说什么了，你早点休息吧"，平实的文字却让读者瞬间泪目，夫妻分离的苦，岂是三言两语可尽诉。此外，我也感动于作者对妻女的深情——"我拿不出其他，就把大梅沙当成自己最好的东西献给她们"。同时，我看到了幸福家庭的模样——"幸福的家庭，家人需要天天在一起，哪怕各忙各的，谁也不看谁一眼，彼此什么都不说"，只有经历了离别的人，才能将家人之间的感情领悟得这么深刻。如今作者人在他乡，没有亲人陪伴，生病时最能体会"辛酸"二字，我多么希望作者的妻女能早日来深圳与作者团聚。

　　阅读的过程，是与作者同悲喜的过程。文字是人性的体现，作者没有把自己伪装起来，而是坦坦荡荡地剖析自己的生活，把自己内心最真实的一面展现在读者面前，充满烟火气息。《大梅沙的风铃》一文中写有"我困了先睡，他们后半夜才走。我第二天早晨起来还得收拾残局""朋友们跟我也真不客气，吃我的食品，喝我的啤酒，抽我的烟，然后赢我的钱"等句，说实在的，我挺羡慕作者能有这样不分你我的朋友。《暖阳》一文中写有"我经常买甘蔗，尤其天将黑时，或者天气不好的时候。不想吃也要买一根，我希望他们尽快卖完，早点回家"，字里行间，满是深切善意。

　　作者的笔致富于想象，文字功底极为深厚，语言有独特的个性与魅力，平实中带有一种柔韧劲，张弛有度，十分耐读。白描叙事的行文中不时夹带几句俏皮话，既似喃喃自语，又似与读者亲切交流，比如"乡愁是一只鸟，在高楼大厦的缝隙飘来飘去""教科书里说春天是万物复苏的日子，深圳的植物不理解，已经醒了，为什么还要复苏？它们一如既往地绿着，无所事事，享受着晴和的阳光""这时我抬头，和白云对视。白云激灵一下，不好意思了，轻轻洒下几滴雨遮羞"等句，彰显了作者深厚的语言功力。《雨骑着风来了》一文中写道："孤独的风找啊找，后来终于找到了一个伴儿，那就是雨。雨走到哪里，都愿意带着风。它们好亲密，有点夫唱妇随的意思。雨在风的后面，像个小跟班，哗哗哗哗地，有点火上浇油的意思。风不管不顾了，有时候丢下雨，自己先跑到前面去。雨只好在后面追。"另有《簕杜鹃是最后一个离开的》一文中写道："给它浇水时我想到常年站在路边的那些簕杜鹃。没人照顾它们，靠天吃饭，人家不也活得很好吗？这里养的却这样，几天不浇水便甩脸子，使性子，给谁看呢？我又不爱你，只是养着你，没要求你关心我。不求索取，你还有什么不满意的吗？"这些风趣的句子在此书中还有很多，读来真是一种享受。

文如其人，朴实自然。初见作者，单从衣着上看，倒不像一个与文字打交道的人，这样挺好，接地气。文人，没必要把自己收拾成文绉绉的模样。我是打心眼里喜欢国华老师的文字，在每一处精彩句段都做了批注，每读完一篇文章便在文末写下感想。

我在《我在深圳有密码》一文中对"城市怎么可以算作故乡？没有河水，没有山峦，没有稻田"之句做的批注为"第一次觉得生在乡村比城市幸福"，对"他在丰富的物质海洋里，找不到自己的故乡，更找不到自己的童年了"一句做的批注为"童年被海水冲走了，深圳的变化日新月异，他没有时间悲伤"，对全文做的尾批为"每一个人，每一座城，都有属于自己的密码，年轻的深圳，包容每一个爱她的人，若干年后，深圳成了我们共同的故乡"；我对《金黄铺就春天》一文的尾批为"深圳的春天黄绿相间，一般人都忽视了，作者用灵动的文字给深圳春天的叶子一个特写镜头，借大自然这个神奇的手掌，把春天里枯黄的落叶铺在读者面前，让没来过深圳的人对春天充满向往"。

我对《路过73区夜市》一文做的尾批为"作者是生活中的有心人，用一颗善感的心观察生活，南来北往的客，大街小巷的人，在作者眼中都是有故事的人。酒店的美食，未必比街头小摊美味可口。热闹的夜市，普通人的生活画面，有温度的文字，我感受到作者满怀的温情"。

我对《我不认识铁岗村的人》一文做的尾批为"对于铁岗村的日常生活，作者比较熟悉，不刻意去打扰一个人，却一直默默关注。这里的人，这里的景，组成了有温度的铁岗村。作者的思维呈跳跃性，横向展开。铁岗村是城中村的缩影，平凡的人，平淡的生活，让读者感受到城中村的日常细节，朴素的文字为城市把脉，让城市的余味浸染每个角落。不认识，不代表不关注"；我对《躲进南方的深夜里》一文做的批注为"作者笔下的黑夜令人绝望，若非亲身体验过，写不出那么深刻的感悟。在南方久了，许多往事淡了，但那种刻骨的冷依然让人恐惧"。

来自北方的我，叹服作者深厚的文字功底。北方凝重的夜与南方浅薄的夜是相对的，深圳的夜是繁华的、流动的，作者笔下形形色色的人，成了夜的一部分。我感动于作者的善良，把牛肉片给饥饿的女孩，还想给她五十块钱。书中质朴平实的叙述，常常让我眼眶湿润。岭南的夜如此温暖。

总之，我个人觉得，《街巷志》是一本非常值得阅读的书，希望能有更多的人走进其中，追随作者的足迹，去大梅沙吹海风、去街头触摸榕树的须、去宝安公园走一走、去西乡河看一看、去73区夜市和铁岗村逛一逛……静心感受深圳独特的气质，深刻感悟作者独有的情怀，如作者所说"一个事物的好，怎么可能是一惊一乍的好。一定是简单的，润物细无声的，让时间引领着走过去的"，《街巷志》便如是。自读罢此书，我希望有机会听作者唱一段东北的二人转，这是我小小的心愿。

好文字的清香，真能沁人心脾。

我所认识的张伟坤先生

记得刚进华南学校不久，我听过一次张总的讲座，至今记忆犹新。

那次讲座，张总给全校教师讲述自己的奋斗经历，讲述自己如何执着于教育事业。作为一名普通教师，我几乎是一字不漏地听完整场讲座。十多年过去了，他的声音、他的故事，仍常常在我脑海里回响。

张总出生于广东梅州的偏远山区，小时候家里非常贫穷，仅靠他母亲一个人挣钱维持全家人的生活。整个小学阶段他都没钱买本子，每天只带两只耳朵进教室。初中时期，他常常捡别人的废纸写字。艰苦的生活磨炼了张总的意志，他发奋学习，后来成为兴宁的一名数学教师。

他在学校一待就是二十八年。那时教师的收入非常微薄，全家人只能勉强维持生计。为了改变全家人的生活状况，张总带着一群勤工俭学的同事来到深圳承包建筑工程。他们先后辗转于宝安多个学校，吃了不少苦头。为了节省开支，他每天就骑一辆破单车。有一次他去松岗的一个码头买水泥，完事后饿得头冒虚汗，卖水泥的老板也是穷苦出身，就把自家的饭菜分给他吃。那一年，张总48岁。

张总刚来深圳时虽然生活很苦，但深圳的一切让他看到希望。他决定在深圳长期干下去。

53岁时，张总学会了开车，办事效率大大提高，这令他无比开心，也对生活有了新的认识。之后的六年，他利用业余时间学习建筑学和管理学，并于花甲之年拿到了高级建筑师资格证。

张总告诉我们，当时曾有人以年薪五十万的条件聘请他，但他拒绝了。从成为老师的那天起，张总便有一个心愿：想办法让更多的孩子有书读、读好书。随着生活条件的不断改善，加上他那颗对教育事业的赤子之心，二〇〇一年，张总带着一群对教育事业同样充满热忱的年轻人在深圳创办了东山教育集团。当时，东山旗下只有一所学校。因财力所限，为了招募教师，张总不辞劳苦，亲自回家乡寻找优秀老师，一个一个地找，一个一个地谈。经过张总的不懈努力，东山教育集团慢慢走上正轨，又陆续创办了六所学校，形成如今的规模化办学局面。

初到华南的那几年，我与张总的单独接触并不多，只在教学楼的长廊上见过几次面，每次也只是打声招呼，但他在日常工作中的表现，留给我的印象却特别深刻。张总已年过七旬，每个工作日的早上或下午都坚持巡堂，无论刮风下雨都阻挡不了他的脚步。他常说："每天能听到孩子们的读书声，心里才踏实。"

后来我开始教初中，与张总接触的次数慢慢多起来。我看到他亲自抓教学管理工作，每次考试全年级每位学生的成绩他都要过目。教师会、质量分析会、学生动员大会、家长会等大小会议他都亲自参与，特别是质量分析会，他总是全程认真聆听各科老师的发言，最后做总结性指导。他从来不批评老师，更多的是给予鼓励。

三年里，每个班的家长会张总都是从头听到尾。每次家长会他都去得很早，在教室后边找一个地方坐下，全程都听得很认真，中间不离场。那时候，我们尚有几分担心，生怕达不到学校要求，每次家长会都是一场考验。记得在一次家长会上，我讲自己如何孝敬公公、如何引导孩子们尽孝，张总听完说他十分感动，对我竖起大拇指，夸我是兴宁的好儿媳。

那一年带完初二后，我没信心再带初三了。暑假的第二天，我接到一个陌生电话："陈老师，我是张伟坤，你回老家了吗？"那一刻，我很意外，赶紧回答道："您好张总，我还没回去。"张总说："那你下午来一下学校，我想和你谈谈。"

我做梦也没想到张总会亲自打电话给我，我们约好下午两点半见面。我提前十五分钟到达了党员活动室，以示尊重。谁知我刚推开门，张总已在党员活动室等我，我的心微微一颤。在炎热的夏天，让一个年过七旬的长者等我，让一个集团董事长等一名普通员工，我心里很过意不去。我不知道张总有没有午休习惯，也不知道他等了多久，只觉得开着空调室内温度已经很凉了。

我们谈了两个多小时，谈我的工作、谈学校的发展、谈客家人的历史风俗，最后，张总谈起他的母亲。当年他生病时，85 岁高龄的母亲亲自上山为他采药。那时他家的生活十分艰难，只要家里有一口吃的，他的母亲就一定会把食物留给自己的家娘——张总的奶奶。母亲的孝行一直影响着他。张总谈到此处很动情，言谈间竟然泪花闪闪。我也被他的讲述深深感动了，只觉眼前一片模糊。张总说自己每天凌晨四点就醒了，然后把当天要做的事情先从头到尾在脑子里过一遍。他鼓励我做好带初三的准备。面对张总殷切的目光，我找不到拒绝的理由，便毅然接受了初三的教学工作，并承诺会用全身心履职尽责。

那次谈话的一切，我一直牢记在心。张总的敬业精神、张总的和蔼可亲，都一直深深地影响着我，每当我遇到挫折都能在无形中给我极大的信心。每次见面张总都鼓励我说："好好干，干出成绩来。"

我知道，这些年来，我的点滴进步都离不开张总的鼓励和信任，他为我们搭起了一个展示才华的舞台。张总提出的"爱生如子"的办学理念深深影响了每一位老师。他时常语重心长地对老师们说："教师对学生，只有像对待自己的子女一样，对他们疼爱有加，爱生如子，才能担当起教育人、培养人的重任。"从我踏上教师岗位的那一刻起，我就要求自己这么做，全校教师也一直践行着张总的办学理念。

集团每学年举行一次"爱生如子"先进个人表彰暨先进事迹报告会，各校的优秀教师代表在此会上分享与学生的点滴故事，激励全体教师勤奋教书、用心育人。张总是一个很感性的人，每听到动情处，总会情不自禁地抹眼泪。那次以"爱生如子"为主题的报告会结束后，张总亲切地和我握手、合影，对我的工作给予了高度肯定，我感到无比振奋。

在我们学校的素质教育工作中，我们积极开展孝道教育工作。张总一直以来秉承"要想成才，先学做人"的教育宗旨。他常说："不管你有多大学问，首先要知孝、懂礼，这是为人之根本。"张总从小便非常孝顺父母，每天上学前、回家后都先问候父母，晚上睡觉前向父母鞠躬道晚安。他说这个平常养成的习惯使他受益一生。张总常说："心中有父母，把孝心放在第一位，学生才会主动搞好学习。"

如今，学校每天会给孩子们布置一项关于孝心的作业，引导孩子们早晚向父母问好，让孝道根植于每个孩子的心田。

人们常说"活到老学到老"，我不知道有多少人能真正做到，但张总用实际行动诠释了这句话的真正含义。多年来，集团旗下各校推广的福尼斯英语教学成果卓著，这与张总先进的教育理念分不开。

张总回忆说，他在上学时常常为学习英语而头疼。为了帮助广大学生找到最佳的英语学习方法，年近七旬的张总经过不断的摸索与实践，新创了先进的福尼斯英语教学法，并克服种种困难，花费巨资引进教学用具，付出了大量心血，帮助广大学生见词能读、听音能写。

张总 66 岁时开始用此方法学习英语，如今他能够默写所有的单音图、多音图、后继音图。他说："用心学后感到英语其实并不难，主要是要背熟几十个音图。"张总 68 岁时，开始学习汉语拼音，他谦称自己是小学生水平，学到后来竟能熟练准确地背诵汉语拼音字母。集团经常举办活动，张总每次致辞前，都会把稿子读上百遍。

一位老人，时常忘记了年龄，对自己一直严格要求，一丝不苟，令人敬佩。

张总常说："越学越想学，越学脑子越好用。"他从一个普通的人民教师最终蜕变成为优秀的企业家，生活却依然很俭朴。在我的印象中，张总夏天时常穿一件白色衬衫，入秋时加一件枣红色背心，冬天加一件黑色外套，常年不另买新衣服。

这些年来，他一直有一桩未了的心愿：他想报答当年给过他一口饭吃的那家人。他十分后悔没记下那位水泥店老板的姓名与电话，如今已经无从寻找了。他时常对家人说："你们今后如果帮我打听到了，一定要报答这份恩情。"

张总一刻也没有忘记过自己的家乡，他一直希望家乡早日富裕起来，自己也为之不懈努力。他曾多次为家乡的教育事业和公益事业捐款，集团在兴宁创办了一所学校，圆了张总多年以来的梦。

如今集团旗下已有六所学校，按理说张总可以安享晚年悠闲度假了，但他却一直心系教育事业，始终选择和师生们在一起。他说每天都能看到孩子们，是他最大的快乐。

如今张总已到耄耋之年，身体已不如从前，手里时常拿着一把伞当作拐杖。每当看到张总那熟悉的身影，我心中总会涌起阵阵感动，感动于他对教育事业的热爱与执着。

岁月不居，冬去春来，我在华南教书已十多年了。每当回想起和张总相处的点点滴滴，心中总溢满感动。我写张总，并不因为他是我的老板，我也从未当面采访过他，这些都是我日常对他的观察与感想，我对他是由衷的尊敬。我从来没听张总说过什么豪言壮语，他一直以来都是落实于行动，在实际行动中倾情办教育。

家有嘟嘟

我爱养花，家里的阳台上总是挤满花盆。不知从哪天起，有只鹦鹉总时不时飞临我家阳台，偶尔还跟我打两声招呼。我好奇：这是谁家的鸟儿呢？这么可爱。每次与它见面就如旧友重逢。

我以为它会成为我们家的常客，甚至想在阳台上帮它准备一个家，如果它愿意，迁来"户口"也行，但是，后来我们就再也没见过面了，或许是它遇到了不测，或许是它真正的主人搬远了。我等了差不多半年，总以为它会再次光临我家阳台，但它再未出现过。

儿子仿佛看出了我的失落与不安，说："咱们养一只吧。"

后来，我便从花鸟市场买回了两只一模一样的鹦鹉，我给它们取名为"嘟嘟"。

　　嘟嘟的头部为白色，黑珍珠似的眼睛圆溜溜的，胸前是一片白羽，点缀着几颗蓝色小圆点，颈背上有一圈圈的条纹，灰白相间，饰以白边，如同鱼鳞。嘟嘟腹部的毛为天蓝色，细细软软的。一旦离开笼子，嘟嘟就会成为两条"飞鱼"。安静的时候，它们显得特别娇小，像两个身着燕尾裙的小公主，十分耐看。

　　儿子上学后，家里突然冷清不少。先生时常打趣说："咱家里会跑的，除了我和你，就剩下蟑螂了，如果没有嘟嘟的话。"

　　初入我家门时，嘟嘟胆子比较小，人若靠近便缩头缩脑的。那时，嘟嘟住的笼子里就一根栖木和一条食槽，我觉得太单调，便买回了彩虹云梯和两个鸟窝，一个学生在我朋友圈中看见了照片，羡慕地说："好想做老师家的小鸟呀。"

　　自从嘟嘟住进我家后，我心中便多了一份牵挂。平时，我将嘟嘟放在客厅阳台上，每当变天打雷下雨，我就特别担心。五一节后，天逐渐热了起来，我又担心它们被烤晒。

　　我们很享受嘟嘟给家里带来的乐趣。每天早上我起来时，嘟嘟尚未睡醒，我一开灯，它们便发出轻轻的唧啾声，那细软的声音就像孩子的梦中呓语，把我整颗心都萌化了。

　　嘟嘟特别乖，白天爱唱歌、翻飞，晚上安安静静。我平时比较忙，先生照料嘟嘟的时候多一些。他每天给嘟嘟添食加水时，我就不禁想起他曾经用奶瓶给儿子喂奶的样子，动作轻得像女人，而且乐此不疲。我平时主要负责帮嘟嘟网购食物和玩具，周末闲时，也会照料它们的生活。

　　嘟嘟从不挑食，腹部一天比一天圆润。"嘟嘟"这名字叫起来特别顺口，听着也亲切，就像孩子的乳名。慢慢地，我们夫妻间的称呼也变成鸟爸爸和鸟妈妈。每当儿子即将回家，我都提前告诉嘟嘟："哥哥要回家看你们咯。"嘟嘟每闻此都特别欢快。儿子返校后，它们总会叽叽喳喳闹一阵子，像是突然失去玩伴感到失落，如果它们闹得过分了，我便吓唬道："小心哥哥不喜欢你们了。"当然，这种吓唬，我怎么装腔作势那调门儿也怪怪的、软软的，令人哭笑不得。

　　每到周末或长假我常常睡过头，嘟嘟就用熟悉的歌声把我唤醒。在我听来，它们的歌声是世上最美的声音。嘟嘟特别好客，楼下的树上时常有鸟雀声传来，嘟嘟便跟着和鸣，呼朋引伴，好像要我为它们的伙伴准备一个大笼子和一堆美食。嘟嘟特别爱吃生菜，每当我们把菜叶挂在笼子顶部，它们便去啄菜叶，别看它们身形圆嘟嘟的，动作却格外轻盈灵活，整个身子吊在菜根上时也一点不慌张，像荡秋千一样摇来晃去。

　　不知从哪天起，嘟嘟学会了调皮，有时互相掐架，有时无缘无故啄对方一下。为吃到同一片叶子，它们时常争得面红耳赤，有时一只在啄食，另一只就去啄对方的尾巴。两只一模一样的鹦鹉，争斗起来不相上下，不过到最后总会有一只败下阵来，而我实在无法直视它们两败俱伤的场面，无论谁赢谁输，我都觉得是我输了。当然，我不反对它们偶尔闹闹小情绪，但如果过火了，互掐得厉害，我便会赶走强势的那只。

　　有时候，我把一根筷子伸进笼子里，嘟嘟便会站上去。它们似乎知道我在和它们逗趣，任筷子怎么晃动都不肯下来。若是不小心掉下来，它们又会立刻站上去，特别好玩。

　　在鸟笼里待久了，嘟嘟把那两个鸟窝只当成摆设，白天偶尔进去玩一下，晚上却不进去休息。每晚我睡前，都会去看看嘟嘟，希望它们去窝里休息，但它们时常各在一处，一只趴在笼边，安安静静，另一只躲在某个角落里，一声不吭，活像一对正在生气的小情侣，谁也不理谁。我总想把它们赶到窝里去，却总不能如愿。有时候，它俩又紧挨在一起，卿卿我我，像一对新婚夫妇，令人满心欢喜。

　　除了讨人喜欢，嘟嘟最厉害的便是嘴巴。即便已吃饱喝足，那尖尖的小嘴也一刻停不下来，一会儿啄笼子里的钢丝，一会儿啄玩具，有种不达目的决不罢休的架势。有时我不小心把笼子靠近了花木，它们便抓紧时机啄花叶。

　　有一天，供它们玩耍的彩虹秋千上的木棍居然被啄断了，若非是我亲眼所见，我无论如何也不敢相信嘟嘟的嘴巴这么厉害。先生有时放些食物在手上让嘟嘟吃，我只能在一旁羡慕。我虽然很喜欢嘟嘟，却不敢让它们站在手上，我怕它们尖尖的小嘴会啄疼我。

　　从此以后，我们得严加提防这些小家伙了。我们在鸟笼的门上加了几条铁丝，就像担心孩子大了会突然离家出走一样。

　　或许我们太宠爱它们了，总是怕它们饿着，可它们却一点也不珍惜食物，通常吃一半洒一半，有时候，它们还用爪子把食物弄出去，长长的尾巴一甩，食物便洒落一地。最初，我们并不是每晚给它们换垃圾袋，直到有天晚上我们已休息了，听到嘟嘟在笼子里使劲扑腾的声音，我顿时心里发怵，急忙下床一看，原来笼子里有只蟑螂，嘟嘟受到了惊吓。我赶紧给笼子底部换上干净的袋子，并把笼子放在凳子上，以防蟑螂再半夜偷袭。

此后，我们每晚都要为嘟嘟做保洁工作，临睡前再检查一遍方可安心入睡。

前年冬天，我带嘟嘟去后花园晒太阳，那是嘟嘟第一次出家门。一开始，它们怯生生的，小小的身子一直发抖，惊慌地扑棱翅膀。我把笼子放在草地上，没过多久，它们就适应了外边的环境，还唱起歌儿来。暖暖的阳光下，我坐在草坪上，手里捧着书，一旁的嘟嘟自在玩耍。

嘟嘟第一次出远门是回先生老家。临行前，我们像第一次带儿子回老家一样地告诉嘟嘟："咱们要回老家了。"两只小可爱好像有预感似的，出门前很闹腾，被放上车时是那样的惊慌与无助，它们紧紧地挨在一起，仿佛在约定将一起面对陌生的未来。深圳到梅州得好几个钟头，或许它们感觉到了我的温和，慢慢地又调皮起来，甚至还在车里"干仗"。

山里的空气好，鸟又多，嘟嘟似乎很享受在老家的生活。

见到嘟嘟，最兴奋的是山里的孩子们。那些自小生活在花香鸟语里的乡下孩子特别喜欢这来自深圳的两只鹦鹉。每天，孩子们都围在嘟嘟旁边，试着触碰它们，给它们喂食物，嘟嘟似乎习惯了被围观，一点儿都不惊慌。更令我意外的是，山里的小白猫竟对嘟嘟"一见钟情"。嘟嘟的笼子挂在晒衣竿上，小白猫一会儿蹲在窗台上静静地望着嘟嘟，一会儿又在对面的楼道上对嘟嘟含情脉脉，像是想约两个小情人一起玩耍。当然，我没给小白猫机会，尽管它是那么的多情。我担心嘟嘟一旦出了笼子进了梅州的山里，就不肯回深圳了。我知道这么做非常自私，但我们需要嘟嘟，需要两只鸟带来的快乐。

去年暑假，我回陕西老家住了一段时间。陕西的气候不同于深圳，加上路途遥远，不宜带着嘟嘟，只得把它们暂时寄养在一学生家中。和嘟嘟相处久了，实在感到舍不得，提着鸟笼出门时，我觉得像是去寄养儿子。

到了学生家里，我给学生详细讲述了喂养方法和注意事项，儿子笑着说："妈，你像个卖鸟的。"

在老家时，我隔几天就询问一下嘟嘟的情况。学生不但拍了照片给我，还记下了不少与嘟嘟相处的心得体会。

夏冬两季气候比较极端，我很担心嘟嘟是否感到舒适。天热时，上班前我会把嘟嘟从客厅阳台移到生活阳台，避免下午炙热的阳光晒到嘟嘟。尽管这样，夏季一过嘟嘟仍会脱几身毛。为此，我特别咨询过专业人士，说是正常的季节反应，但看着阳台上那一撮撮蓝色的细毛，我仍有些心疼。冬天，每晚我都把嘟嘟放在客厅内，怕它们受寒。特别冷的时候，我希望它们钻进窝里休息，可它们就是不肯，不管白天还是黑夜始终站在木棍上，任我怎么着急，它们都不为所动。

今年春节前，我给嘟嘟换了个别墅一样的新笼子，特别精致，里面有专门的鸟窝、彩虹云梯。我不知道它们是否喜欢这新家，只感觉它们不像之前那样爱啄笼子了。如今它们每天待在笼子里，时而梳理羽翼，时而呢喃软语，时而闭目养神，一派岁月静好的样子。

我承认我是失职的，与嘟嘟相处几年了，却并未完全熟知它们的生活习性。在庚子年的春天，我们自己也被关在另一个"笼子"里。一百多天里，我们似乎哪儿都没去过，只与嘟嘟朝夕相伴。我每天把嘟嘟的笼子收拾得干干净净，给它们添食加水、换垃圾袋。

开学后我忙了起来。一天，先生告诉我有只嘟嘟飞走了。

我赶紧看了一眼笼子，两只嘟嘟都还在。

先生告诉我，上午真有一只嘟嘟飞出去了，当时他坐在客厅里，忽然看到桂树上有只小鸟很像嘟嘟，他赶紧到阳台上定睛细看，真是嘟嘟，于是轻轻走到树旁，一边和嘟嘟说话，一边伸手抓嘟嘟。嘟嘟从这棵树上飞到那棵树上，跟先生玩了一会儿，最终才让他逮住。

因为全家人近段时间忙了起来，我们都不知道笼门上的铁丝啥时候松了，到底是怎么松的。我好好想了想，恍惚记得那铁丝似乎几天前就不见了，可是我们都没放在心上，或许我们都觉得，嘟嘟不像以前那么爱啄笼子了，更喜欢这个家了，哪里舍得离开我们呢？谁也没料到，到底还是有一只不太老实，居然把笼子门用嘴顶开飞了出去。

或许吧，它跟我们一样，都太急着想出去看看外面的世界，但我想不明白的是，另一只嘟嘟为什么就那么笨呢？为什么不肯离开笼子？那只离开的嘟嘟，为什么不飞得远一些呢？为什么又让主人给逮回来了呢？

无论如何，作为人类，我依然爱它们。我不再把它们当成自己的孩子，我试着跟它们成为朋友，不再关上笼门，不再提心吊胆。

写在年初

庚子年春节对于很多人来说，有欢愉，有焦虑，更多的却是艰难。

我们尚在深圳时，阿爸就打电话问我们回家的日期，我突然有了种莫名的感动，在这个世界上，有人等有人盼就是幸福。

腊月二十八那天，我们踏上回家的路。暖暖的阳光透进车窗，融进我心里。整整有一年没回去了，还真想念那遥远的山村。嘟嘟似乎很享受在车里的时光，我禁不住逗它们玩儿着。

一路还算顺畅。父子俩轮换开车，我不停地刷新闻，向他们汇报新冠肺炎疫情的最新情况。

儿子很犟，一定要开车进山，我们拗不过他，心想凡事总要有第一次。好在儿子开车比较平稳，开过蜿蜒山路，顺利抵达三佳村，我那颗忐忑不安的心终于落地。

每个春节我们都回去，今年更多了份期待，因老家的人事先告知我们的房子已被重新修缮，铺了地砖，换了门窗，添了家具。我有些迫不及待，想瞧瞧它的新模样。房子外围还是老样子，房内却焕然一新，墙面洁白如雪，红色门上的"福"字格外喜庆。房间内仅有三样东西：一米八长的大床、梳妆台、衣柜。房门口设有扶手围栏，安全美观，方便阿爸上下楼。客厅设在阿妈原来住的房子里。客厅里新增了一套折叠沙发，放电视机的那面墙上挂着阿爸阿妈的照片和一个挂历。尚来不及歇息，我赶紧收拾东西，让心先住下来。

我对生活的要求并不高，能有自己的空间就行。二十多年了，我梦寐以求的心愿终于实现了，心里有说不出的欢喜。之前每次回家，感觉像逃难一样，客厅就在我们的房间，本就并不宽敞的房间显得更局促，我们的衣服只能放在行李箱里，每天要开几次箱子拿衣服，实在不便。嘟嘟很受欢迎，被孩子们团团围住，尾巴上的毛竟然都被热情的孩子们蹭掉两根，真让我心疼。

春节期间，关于新冠肺炎疫情的最新消息牵动着每一位国人的心，举国上下积极防控，武汉封城，各地封村封路……铺天盖地的消息让人看不过来。远在山村的我们，为国家出不了什么力，每天能做的就是老老实实待在家里。新闻里的每一次数据更新都让我揪心，每转发一条"紧急扩散"或者点击一下"在看"都是在为社会做贡献。善感的我，不知流了多少眼泪。看到钟南山院士出征武汉，我哭了；看到一位年迈的母亲为正被隔离的儿子送饭的视频，我哭了；看到无数医护人员全力奋战在一线的画面，我哭了；看到李克强总理去武汉考察指导疫情防控工作，我哭了。总理是全国人民的主心骨，带给人们战胜困难的勇气和信心。每一个悲情的故事、每一个逝去的平凡生命，都让我泪流不止……我知道大过年的不能哭，可是眼泪却不听话。带了两本书回老家，却一页都看不进去，心实在静不下来，但日记依然每天坚持写。我没有串门的习惯，更何况如今不宜串门。

在疫情肆虐的当今，住在山里反而比较安全。山道上十分幽静，鸟儿不知人间悲喜，在枝头欢快地叫着，路边的芒秆长得比人还高，在风中飕飕作响。山上种了许多茶树，到了春天，将会看到漫山遍野的茶花。山路七拐八弯，半天也遇不到一个人，我放慢脚步，与自己的灵魂对话。

山里的夜很静，往往时候尚早屋外便没了人影，只遥见几家灯火，冷冷清清。孤单的路灯，在风中瑟瑟发抖。初一晚上下起了雨，屋檐下滴答滴答的声音打破夜的宁静。屋里屋外温差大，幸好有儿子带的暖风机驱寒。

大年初二，我们耐心地给阿爸讲解新冠肺炎疫情，尽管我的客家话不尽如人意，但阿爸明白我意，应允取消初四的家庭聚会，我这才放下心中的顾虑。之前一直担心老人家不能理解，看来是自己多虑了。阿爸已有 90 岁高龄，应尽量避免与外人接触。疫情当前，我们有责任保护好自己和家人，即使不能成为前方的勇士，也不应给国家增添负担。

二十七日早上我打开手机，看到一条惊人的消息：科比离开了。我赶紧又看了几条相关消息，终于确信无疑。我查了一下他的年龄，才41岁，实在令人惋惜。一时间，全世界的球迷都陷入悲痛之中。

一个人无论平凡还是伟大，对于其亲人来说都是不可替代的。人生无常，谁也无法预知未来，唯有珍惜眼前，不负当下。

在老家的每顿饭间，我都会陪阿爸喝一杯客家米酒，阿爸十分开心。偶尔听到邻里夸赞我孝顺，我心里乐开了花。孝敬老人是应尽的义务，平凡如我，不求大富大贵，但求向善向美。

离开老家时，我感觉还没住够，和阿爸在祠堂门口合了影。人生在世，父母与子女见一面少一面，何况阿爸已到耄耋之年，我们唯有在心中默默祝福阿爸长命百岁。

返深的路上畅通无阻，出高速时测了体温，国家的严格防控令人心安。

回到深圳，看到家里的花开了，山茶花挂满枝头，水仙亭亭玉立，月季含苞欲放。窗外明亮的阳光充满了诱惑，好想下楼去感受太阳的温度。回来几天了，家门都没打开过，宅在家里，自我防护，利人利己。

我平时几乎不开电视，但近来我宅在家里追了电视剧——《最美的青春》，看得我是热血沸腾。这部剧讲的是二十世纪六十年代初，河北省承德境内高原荒漠塞罕坝上，冯程、覃雪梅等第一代造林人怀揣梦想，在长达半个世纪的时光里克服常人难以想象的困难，营造万顷林海，尽力减少京津冀地区的风沙危害，有效抵御浑善达克沙地和科尔沁沙地的南侵行动。他们把最美的青春献给了塞罕坝，在艰难困苦的岁月里同甘苦共患难，收获了友谊和爱情，用青春书写了绿色传奇和壮丽人生。无论是贫穷、饥饿还是严寒、酷暑，都打不垮他们钢铁般的意志，他们是最美的祖国建设者。

每个时代都有英雄，同样，面对当下肆虐的新冠肺炎疫情，中华儿女一定能打赢这场没有硝烟的战争。

这个春节注定不寻常，我们能拥有静好岁月是因为有无数的平凡人为了我们的平安幸福在负重前行。

我相信，一切终会过去，春天一定会如约而至。待到春花烂漫时，我们一定会开怀大笑，用笑声点亮未来。

活着是一种福分

当我写下这几个字的时候，我感恩自己活着，健康地活着。

二〇二〇年春节期间，全国人民的步调如此一致：宅家。生活成了我们曾经憧憬的样子，每天睡到自然醒，刷完微信看新闻。时光缓了，日子慢了，心却莫名地慌了。

疫情象征的就是遵守要求，安安分分待在家里成为每个人的责任。每天当各种消息从四面八方不断传来，心一次次被触动，波澜阵阵。疫情随着时间的推移不断蔓延，我们的生活范围越来越小，不由得使人莫名恐惧，一天比一天焦虑的情绪在心中滋长。前方的医护人员每天与时间赛跑，后方的我们必须全力配合。

十多天里，我仅出过一次门，路上冷冷清清，超市门可罗雀。每个人只露出两只眼睛、一副口罩，仿佛与世界隔离。买完东西，人们像逃离案发现场一样火速赶回家，日子竟过得这般小心翼翼。

八日凌晨我又虚惊一场，现在想来仍心有余悸。由于房间封闭，凌晨一点多时我便醒来，感觉呼吸困难，咳嗽了几声后还出了汗。我好想下楼走走，呼吸一下清新空气，然而凌晨时分不宜出门了。我起来喝了些水，轻轻拉开客厅的门透透气，好让自己缓和一下，但我无论怎样做都无济于事，只感觉胸口越发憋闷。若在平时，一点不适我不当回事，可在非常时期，体温虽不高，但我不由得总往坏处想。巨大的恐惧突然涌上心头，似有一只魔爪向我伸来。我突然感到无比孤独，想到那可怕的呼吸机，想到医院冰冷的床，不寒而栗。我开始回想春节期间自己在老家接触了哪些人、去天虹买菜碰了哪些东西。我害怕极了，渴望有人给予我安慰和力量。打开手机，不知道谁在线，我只想找个说话的人，哪怕是陌生人。忽然，看到徐老师发了一条朋友圈，随后我编辑了一条信息，想请他帮助我消除内心的恐惧，犹豫了一会儿，却始终没有勇气把信息发出去。我想，徐老师可能不认识我，我怕得不到回应。我想到了"青春读写群"，那里有我热情的师友。我在该群里发了一条信息，却没有回音，我想毕竟已是凌晨两点，大家都睡了。无助、压抑之感，令人窒息。我害怕咳嗽声把儿子吵醒，想办法赶紧入睡。黑暗中，我的眼睛却一直睁着。漫漫长夜，不知过了多久，我在惶恐中昏然睡去。

早上醒来，一切正常。天如约而亮，自己仍安然躺在被窝里，我感到从未有过的踏实。我想，自己的种种不适可能更多来自心里的恐惧，多日以来宅在家里，每天各种信息几乎把内心吞噬，感动与悲伤反复交替，让我喘不过气。

曾经一直渴望假期能长一些，能有更多在家的时间，然而现在，我却无比想念平常自由自在的时光，想念车水马龙的街市，想念熙熙攘攘的商场，想念朝气蓬勃的校园，想念每一个平常的日子。

生命如此脆弱，多少无辜的生命转瞬消失，灾难让我们更加懂得珍惜。那些为我们保驾护航的英雄，他们同样也是普通人，也是孩子的父母，也是父母的孩子。

愿这世上少一些灾难，多一些温柔，愿所有的英雄都能过上平常日子，如细水长流。

草木知味，嗅到春的气息。植物们清清灵灵地生长，带来几分生机。也许吧，人世一场，唯有健康活着才是最大的福分，才是对生命的承诺。

再漫长的夜，终会迎来黎明。春天的脚步，不会因一场风雪而停下。严冬过后，春暖花开。但愿每天醒来，阳光与希望同在。

珍惜平常日子

二十几天没下楼了，上午我去小区门口拿快递包裹，顺便在小区里走了一圈。阳光轻轻洒在身上，将我团团围住，微风轻轻拂在脸颊上，像婴孩的手在抚摸我。

路旁的木棉树叶子有些发黄，硕大的花朵依然红彤彤的。后花园内，鸟雀在枝头欢呼，缕缕阳光穿透林隙，青翠的树叶泛着金光。墙外的三角梅开得蓬蓬勃勃，玫红色成了春天的主色。养犬的地方，设施越来越完善，那儿成了宠物的乐园。小道上，平日里总有人散步，如今看不见一个人影。虽然这几天疫情有所好转，外面的车辆明显多了，但政府没有发话解封，人们仍自觉居家隔离。

好久没有在太阳下行走了，突然感觉阳光与我如此亲近，像与久别的亲人重逢。我有些激动，不禁潸然泪下。天蓝莹莹的，云很轻，丝丝缕缕，游离不定。网球场旁，绿草如茵，新栽的树苗有几片红叶，恰似秋日红枫，远远望去很亮眼。

驻足静思之际，见到了第一个熟人，我不知道自己该是微笑还是落泪。在突如其来的疫情面前，身处病痛中的人经受了巨大考验，对于居家的人来说，又何尝不是一次艰难考验，但愿人们都能逐渐变得坚强。

人总是那么健忘，失去之后才懂得珍惜。我们曾尽情享受大自然恩赐的春花秋月、阳光雨露，一度认为理所当然，忘记了回馈与感恩。这些天来，我好怀念从前每个平常的日子，能走在街上自由呼吸。

那时的周末，我常去松山湖，租一辆共享单车，沿着湖边绿道骑行，沿途风景优美，鸟语花香，湖水潋滟。行人中有的骑车，有的散步，或情侣依偎，或孩童嬉戏。骑累了就找个僻静的地方，坐在草地上，看人来人往，望云卷云舒。那时平常的日子，现在想来竟如此美好。

近段时间，每天的疫情动态起伏不定，每一个数字都与生命紧密相关，牵动着无数人的心。这几天疫情明显好转，但官方还没有公布具体拐点，大家早已翘首企盼。待到春暖花开时，我们将见到更多的人，上街不用戴口罩，自由自在地谈笑，想想都觉得幸福。这些平常的人和事，其实一直在我们身边，只是我们没有珍惜。

时代的微尘，落到谁的头上都是一座山，我们总是寻寻觅觅，却忘了幸福其实就在身边，最珍贵的东西，都渗透在平常的日子里。《小窗幽记》中说："身上无病，心里无事，春鸟便是笙歌。"生命最美的状态，便是把平常的日子书写成诗情画意，让每一天都洋溢着希望，每天早上起来，阳光依然明媚，身体依然健康，粗茶淡饭，也倍加珍惜。

灾难是残酷的，它告诫我们要对生命心存敬畏，在经历中学会反思。平常的日子，才是长久的幸福，最值得我们用心珍惜。让我们怀一颗惜福的心，感受身边的小确幸，即使它看起来微不足道。

愿疫情早日结束，枝头春满，人间皆安。

做　眉

　　女人天生爱美，无论相貌如何，对美的追求都无比执着，我也不例外。从服饰穿戴到面部保养无不精心，总想把自己最靓丽的一面展现出来。

　　一直想去做眉。平时每天画眉，实在不方便，一是时间比较紧，再者自己画眉总不得要领。眉画不好，影响一天的心情，有时画得还算满意，但又担心出汗了会把眉给弄花，常常午睡都不踏实。总之，画眉的日子烦恼多多，或许只有和我一样每天画眉的人才能体会到。

　　一直苦于找不到合适的地方去做眉。街道两旁的美容院、文绣店比比皆是，看得人眼花缭乱，却不知该走进哪家。我有一习惯，每当计划做什么事时，无论走到哪儿，总会先观察来来往往的行人，如买裙子之前，无论在大街上还是商场里，我都会默默地观察行人穿的各式各样的裙子，并在心里勾勒自己想要的裙子样式。这或许是女人的共性。

做眉之前，我也总先偷偷打量擦肩而过的行人之各色眉形，做过的眉我一眼就能看出来，每遇到眉形好看的同事，总要咨询是在哪儿做的。偶然了解到了一家文绣店，我对其有一种莫名的信任感，心想就这家了。由于年关将近，老板娘建议我年后去，说过年回家亲友相聚总要照相，刚做的眉看起来不自然。因此，做眉的事我一直拖到年后。我心想，这老板娘挺善解人意的。

过完正月，我终于得空去做眉，地点是在一家中医理疗店。进入店内，喝茶、聊天，氛围温馨。老板娘叫来一位名为"葱子"的文绣师，文绣师留了一头清爽短发，妆容淡雅，一身风衣，知性干练。另有一位文绣师"小美"，身材高挑，穿一件淡黄色的毛衣连衣裙，笑容甜美，气质温婉。我真羡慕从事此行业的人，每天都打扮得优雅得体。我们虽是第一次见面，却似多年老友相聚。她们的仪态符合我心中美容师的形象。

喝茶过后，小美老师帮我设计眉形，先设计左眉，花了很长时间，设计好后征求我的意见。我左瞧右看，感觉和自己平时画的眉形不太相同。说真的，我有些看不惯，我想象不出自己是一字眉的样子。后来小美老师按我的要求设计了右眉，两边眉形风格不同，感觉自然不一样。经两相对照，再加上老板娘和葱子的意见，最终选定左眉眉形。于是小美老师擦掉我右眉上涂过的痕迹，重新为右眉设计和左眉一样的眉形。小美老师态度温和，非常细心，且有耐心，自始至终一直微笑着和我交谈，直到我对眉形满意为止。商讨价格时，葱子干干脆脆，我也很爽快。

接下来，便是文绣。首先小美老师给眉敷上麻药，要等大约三十分钟，试时不痛就可以开始文眉。我选的是雾眉。小美老师全神贯注，一丝不苟，每完成一步，都会拿镜子给我看，让我清楚每一个步骤。她完成的每一步我都比较满意，确切地说是满意她真诚的态度。在小美老师看来，文好的眉，是她精心雕刻的工艺品，她非常享受文绣的过程。不知不觉中，我竟然睡着了。从上午十一点到下午三点半，小美老师全程顾不得吃饭，一直专心为我文眉，真是辛苦。

老板娘告诉我，她之前是麻将桌上的常客，后来学了中医经络理疗，生活发生了很大变化，现在是一名文绣讲师。小美老师在文绣行业做了十多年，已是一名资深文绣师。老板娘说她自己现在一直坚持学习，准备考国家经络理疗师资格证，我为她们点赞。

生活中，每个人都应在自己喜爱的领域奋斗不息，努力打造属于自己的广阔天地。三百六十行，行行出状元，只要心中有梦想，并坚持不懈地为之努力，就可以创造幸福生活，收获美好人生。

发之伤

　　爱美是女人的天性。一头瀑布般的秀发是女人的"名片"。然而，我的这张"名片"天生残损，让我时常陷入苦恼中。

　　少年时期，不知从哪天起，我的头顶竟冒出一根根白发，与我的年纪极不协调。家里的兄长、姐姐都有不同程度的白发，显然，我早生白发属于家族遗传。正值豆蔻年华，奈何白发相催，唯一让我安慰的是自己个儿高，别人不易看见我头顶的银丝。

　　少白头的我一直内心敏感，心里如同扎了一根刺，恨不得连根拔起。无论在哪里，我都害怕站在高个子的异性前边，总觉得别人会注意自己。从少年时代起，我每年至少染发两次，和理发店结下了不解之缘。

与先生谈恋爱那会儿，他成了我的专人染发师。染发前，他先给我的背上披一个塑料袋，把染发膏抹在梳子上再往头发上抹，然后用梳子梳匀。先生虽戴了手套，为我服务完两手却常常被染黑。他的不嫌弃，让我心里特别踏实感动。

怀了孩子后，我坚决不再染发，生怕对胎儿产生一丁点儿影响。人常说"为母则刚"，为了孩子的健康，我顾不得那么多。从怀孕到儿子出生后的一年里，我没染过一次发。

这些年来，我不知染过多少次发，虽然染发剂的刺鼻气味我难以忍受，可是没办法，白发令我烦恼，而一头秀发会让我更加自信。为了美，女人时常可以忍受许多难以忍受的事情。我去过许多理发店，已熟悉各种染发方式。

或许女人天性就爱听好话。记得还在德昌时，有一次我去做头发，老板娘说了一大堆漂亮话，如"烫了头发洋气，符合你的气质，要尝试改变一下自己的形象，女人对自己要狠些"尔尔。在老板娘的鼓动下，我尝试烫了一次发。其实那次我本打算把头发拉直，却糊里糊涂变成卷发，回家后婆婆像见了洋人一样打量我半天。烫发后上班时，尽管收获了不少赞美声，我却还是恨不得一头钻进地洞里。

一天有位同事对我说："你头上好像有许多毛毛虫。"我听后心里痒痒的，特不是滋味。其实她说得挺形象，我当时烫的就是小卷儿发型。我怪自己的意志不够坚定，老板娘美言几句我就动了心。

第一次烫发，便在我心里留下了阴影。

那年回故乡前，我专门去一家有名的理发店拉直发，染发当然也必不可少。我一向不留齐刘海，这次也没打算改变形象，结果在理发师三言两语的建议下还是剪了齐刘海。回到家里，我对着镜子左看右看，怎么都觉得不自在，实在看不惯留有齐刘海的自己，我伤心地哭了。久别回乡，我多么渴望能有个完美的样子。那一夜，我不知道自己是如何挨到天亮的，第二天一早便去理发店把齐刘海吹到了一边。女人对发型的重视，真不亚于对待自己的爱人。

一直以来我有一种恋旧情结，若对哪家理发店比较满意，便会经常去。我这个人生性耳根子软，说得好听是善良，说得直接是傻。用先生的话说就是"被骗了还给人数钱"。我的发质本不错，但由于经常染发，有一定程度的受损，因此我尽量控制染发次数。有时参加一些活动前，我会去理发店洗头，吹个发型，希望自己在众人面前保持良好的精神面貌。去理发店的次数多了，洗发者的手法如何我都能瞬间感知，我对言语不多的洗发者一直心怀感激。

很多时候，理发店的小妹小哥总在我耳边鼓动一些话，如"姐姐，你头发很干燥，要不要做个水疗？我们有活动，现在有优惠""好姐姐，我这个月的业绩任务还没完成，你帮我冲一下业绩"等。每当听到这些话，我总是会心软，想想就多几十块钱，应该也对头发有好处，便干脆地答应了，其实自己原本只是想洗个头而已。每当回到家，先生都猜得八九不离十，我常常报了纯洗头的价格，省得他说我傻。

我去过的理发店，里面的理发师大都比较专业，对待工作一丝不苟。然而，个别的理发店却花样多多，从洗头到烫染，全程推销东西不说，还不停地鼓动你办卡，店员的嘴似抹了蜜，常常"苦口婆心"地求道："姐姐，我这个月业绩还差一点，您帮帮我吧，我对您那么好，以后您每次来都打折。"我每次都感到特别为难，一充值就是千儿八百的，不充值又觉得对不起他们，好像自己做错了事，内心总有一种负罪感，每次拒绝办卡后离开理发店都像逃离似的。

久而久之，我对这种理发店产生了一种恐惧感，心想干脆换一家算了。其实，各行各业都不容易，店员不必那么辛苦推销，我本身并不喜欢推荐的商品，把自由留给顾客才能真正为顾客带来舒适感，有时过分的热情往往会给别人带来困扰。

二○二○年春节前，我对自己狠了一把，花了近千元把头发又烫又染捯饬了一番。本想去梅州的景区看看，谁知疫情来袭，回深圳后又在家宅了几个月，等到了上班的日子，发现白发又冒出来了，满心满意做的头发，到头来没拍一张像样的照片，想想真是可惜。

女人天生爱美，这些年我没少折腾自己的头发，直发时觉得卷发飘逸，烫了卷发又觉得直发朴实动人。每次做了头发后，都要经历一段悔恨的日子，等看着习惯了，新的白发又冒了出来，总让我懊恼不已。

其实，或直或卷，都各有其风姿与韵味。

"白发生偏速，交人不奈何"，愿此生守得平常心，不被白发累。

九　月

　　九月份由于一时疏忽感冒了，每天都特别难受。本该好好享受的中秋假期，却得在艰难中度过。喉咙像被什么东西扼住，发不出声音，唯一感到庆幸的是没有发烧，否则就得去做核酸检测。

　　回顾我整个九月份的工作及生活，感觉每天都充满挑战。自八月二十五日开始上班后，各种工作便接踵而至，初一学生的入学考试、新生的家长会及动员大会、十二学相关工作……每天都恨不得把时间掰成两半用，白天根本没时间备课，批改作业要从夹缝中挤时间，幸亏已在假期精心备了三个单元的课。初一学生的事情繁杂，但比起初三学生来说，至少眼前还没有中考压力。

　　这么多年来，我早已习惯了各种忙碌，想着再多的事情，一样一样做，总会越来越少。让我感到无奈的是我的这双脚，暑假崴脚后至今未痊愈，每天楼上楼下走，双脚难以得到休息，时常向我发出信号，而我一旦忙起来，常常顾不了那么多，只有晚上躺在床上双脚隐隐作痛时，才着实觉得自己太不顾惜身体了。起初我还坚持用热水泡脚，后来一累了就不当一回事，买的活络油也没时间涂抹。

每天都拖着蹒跚的脚步上班，精神大不如前，时常有人以为我刚大病初愈，我只能苦笑罢了。诚然，自崴脚后因缺少运动，整个人失去了活力，内心也随之黯淡，我时常感到特别压抑，渴望摆脱这种困境，希望自己每天都精神抖擞。

教师节那天，办公室里充满了鲜花的味道。白天我训练学生朗诵，晚上的教师节庆祝活动非常精彩，孩子们充满深情的朗诵打动了在场的每一位老师，师生精彩的文艺表演，也让在座的老师们赞叹不已。

在慰问教师的环节，每个人都笑成了一朵花。自二〇〇九年我入职华南以来，每年教师节学校都是给每位教师一百元的红包，晚上所有教师一起在食堂聚餐，这习惯十几年来雷打不动。二〇二〇年因疫情暴发，教师节学校给每位教师发了二百元红包，今年一下子发了八百元红包，这个惊喜实在太大，同事们都在朋友圈里花式晒红包，我也第一次赤裸裸地晒出八张百元大钞。或许有人以为大家是在炫耀，其实大家更多的是在表达感恩。那晚我的心久久不能平静，不是因为钱发多了，而是想到在华南教书这一路走来实在不易。

曾经的华南，一个办公室里只有一台台式小电脑，教室里的桌椅破旧，操场的塑胶跑道也到处脱皮。十年过去了，华南发生了巨大变化，校貌焕然一新，教学质量也有了质的飞跃。我见证了华南一路以来的巨大发展变化，怎能不欣喜。

九月，是五谷丰收的季节，也是莘莘学子播种的季节。时令已进入秋季，岭南此时的气候有些尴尬，有夏的炎热，也有秋的高邈。这样的时节，不免让人对北方的秋天多了几分眷念。每天我的在校生活三点一线——宿舍、教室、食堂，已无暇顾及身边的景物。

周末回到家里，才有闲情侍弄花草，逗嘟嘟说话。阳台上的月桂不知什么时候全换了新叶，带给我几分惊喜，此时北国正是草木凋零的季节，月桂的新绿带来了几分生机。

生活是一场旅行，需懂得欣赏每一处风景，生活中的小确幸要用心去感受。早上看到操场的草地上有几只小鸟，我便满心欢喜，觉得快乐其实很简单。初一的孩子们那时时充满童趣的话语常常令我忍俊不禁。有一次讲《咏雪》时，我问孩子们谢道韫和王羲之是什么关系，孩子们一下子七嘴八舌，一个小男孩突然一本正经地说"人际关系"，其余的人马上神补刀"没毛病啊"，全班人立时笑得前仰后合，我也被那个小可爱给萌到了。

每当收到亲人们寄来的果子，我都会感动许久。一年下来，我没少吃家里的水果，樱桃、李子、猕猴桃……亲人的每一滴爱，在我心中一起汇成海。

又是中秋月圆时，我且写下零零散散的文字，聊以安慰一颗压抑孤寂的心。用文字梳理心情，是我多年保持的习惯。中秋月圆夜，有多少人与亲人聚少离多难以团聚，更有多少人已失去至亲今生无法相见。许多事情，还是不去想为好，越想越凄然。

我希望自己振作起来，在平凡的日常中坚守初心。生活中有许多事情看似无法做到，其实只要把大目标分解成小任务，一步一步去完成，用心浇灌，梦想自会开花结果。

无论什么时候，只要行走在路上，美好就会逐渐靠拢。这世间，唯爱与生命，不可辜负。

听书记

庚子年春，我聆听了《世界上下五千年》，一个个精彩绝伦的故事让我感受到世界文化的光辉灿烂与人类命运的风云变幻。

《世界上下五千年》是人类的一部伟大的教科书，分别讲述了世界古代史、世界近代史、世界现代史，以生动的语言讲述世界各个时期重大的历史事件、著名人物及自然景观。在浩荡的历史进程中，宗教的神秘、科学的深刻、文学的深邃，都引发我无限的遐思。

走近远古时代，感受到的是清新扑面的自然气息。在三百五十万年前的非洲，一个温暖的下午、一群可爱的羚羊、一只孤独的猿猴、一片广袤的森林，共同组成一幅宁谧的图画。

在远古时期，我们的祖先栉风沐雨，披荆斩棘，创造出了光辉灿烂的古代文明。世界历史的进程，由古埃及拉开序幕。人类早在公元前三千五百年就建立了古埃及王国，埃及的金字塔是劳动人民智慧的结晶，其见证了古埃及悠久的历史；从太阳历到公历，聪明的埃及人解决了年、月、日的矛盾；巴比伦的空中花园，恰如人间天堂；耶路撒冷的哭墙，让人不禁垂泪；米诺斯的迷宫、爱琴海的故事带有几分悲壮；一个孩子被怀里的狐狸咬死却一声不吭，勇敢的斯巴达人实在让人心疼……

世界三大博物馆的镇馆之宝，法国巴黎卢浮宫博物馆的《蒙娜丽莎》画作、俄罗斯艾尔米塔日博物馆的《圣母像》画作和美国纽约大都会博物馆的《舞蹈教室》画作，是世界艺术的巅峰。埃及金字塔、巴比伦的空中花园、伊夫索的月亮女神庙、奥林匹克的宙斯神像、摩索拉斯国王陵墓、罗德岛太阳神巨像和亚历山大港灯塔，七大奇迹建筑如同鬼斧神工，令我惊叹不已。

历史上的著名人物，《世界上下五千年》都给予了客观评价。如现代音乐之父巴赫、音乐神童莫扎特、乐圣贝多芬、歌曲之王舒伯特、音乐之魂柴可夫斯基，雕塑巨匠米开朗琪罗、罗丹，画家奇才拉斐尔、凡·高、达·芬奇，文学大师塞万提斯、莎士比亚、伏尔泰、巴尔扎克、歌德、雨果、拜伦、雪莱、普希金、狄更斯、裴多菲、陀思妥耶夫斯基、托尔斯泰，科学巨擘疫苗专家路易斯·巴斯德、"杆菌之父"罗伯特科赫、X射线的发现者德国科学家伦琴等，一个个鲜活的历史人物令我敬仰不已。

我还从中了解到许多重要的历史事件：血战温泉关、君士坦丁堡的沦亡、列克星敦的枪声、兵败滑铁卢、流血星期日、日德兰大海战、中途岛战役、苏伊士运河战争等。战争是人类历史上无法抹去的创伤，五千年的血雨腥风，讲述的声音中似乎都渗透着硝烟的味道，在那战火连天的岁月，世界人民遭受了前所未有的苦难，战争让人类付出惨重的代价。

一个多月的时间里，我完成了几篇文章。用零碎的时间听书，记下了万余字的笔记，并找到一些历史人物的相关图片，静心领略他们的风采。对于世界历史，我比较陌生，为了加深印象，每节听完后，我都会重听一遍做笔记，先是记下每节的目录，然后再把精彩的句子记录下来。369 听书公众号非常好，但有许多不便，每节的内容不能连起来听。我时常边听边做事，几分钟听完一节就得放下手里的活儿，去播放下一节。最令人头疼的是听的过程中不能倒退或快进，对于没有听清楚的部分，若要记录下来又必须从头开始播放，有时为了听清楚一句话，要重听三五遍才能记全想记录的内容，没听清楚的地方，我怕弄错人名或地名，时常求助百度花时间搜索，节奏虽慢了许多，但能得到准确完整的信息。

读诗使人灵秀，读史使人明智。站在今时的领地，对历史的客观看待尤为重要。世界历史如一部波澜壮阔的画卷，遨游其中，收获的不只是历史知识，而是借此拥有一颗更加丰盈的心灵、一份更为宽广的胸怀。我从中感受到人类不朽的智慧，也感受到战争的残酷，更感受到全世界人民对和平的渴望。

世界古代文明在漫长的时间洪流中如烟花般绚烂，虽然相对短暂，却给全世界留下了宝贵遗产。地球如一艘航行在海上的船，随时都可能遭遇暴风雨的袭击，但人类文明从未停止过前进的步伐。

我在369听书公众号中先后聆听了《百年孤独》《静静的顿河》《中华上下五千年》。《静静的顿河》是苏联著名作家肖洛霍夫的伟大作品，朗读者为李野墨老师，他浑厚、深沉的声音仿佛把我带到遥远的异域，那风云变幻的时代中的人物仿佛也活灵活现地展现在我眼前，让我深切地感受到战争带给人们的深重灾难与痛苦。《静静的顿河》记录了顿河岸边的人民种种波澜起伏的日子，流淌着哥萨克人的血和泪。作品中有许多细致入微的描写，无论是刻画人物形象还是重大场面描写，都无不体现了伟大作家的非凡笔力。

后来，我下载了"喜马拉雅"，在上面听了《儒林外史》《呼兰河传》《平凡的世界》《人生》《早晨从中午开始》《创业史》等作品。《呼兰河传》那带有自传体气息的叙述让人身临其境，其中的悲凉情景时常让我喘不过气来；《平凡的世界》由杨晨、张震两位老师朗读，声音均非常精彩，我再一次走进了一个个平凡人物的琐碎生活，与他们同悲喜；听完《丰乳肥臀》，我的内心久久无法平静，在深沉苍凉的声音中感受曾经灾难深重的中国，《丰乳肥臀》与《百年孤独》有异曲同工之妙，细腻的笔触把人性展现得淋漓尽致。

听书是一项有益身心的活动，更是一场灵魂的旅行，朗读者绘声绘色的音腔常把听众带入美妙的情境中。每一部作品，都带给人深刻的启迪。我坚信，听过的书会镶嵌在灵魂深处，总有一天，会变成光，照亮我们前方的路。

一堂语文课

中秋已过，北方天气渐凉，岭南暑气依然浓烈，每天都感觉头顶被灼人的白光照射，只想回宿舍小憩，恨不得一步跨入冬天。

有天下午，我兴冲冲地去705班，准备讲史铁生的《秋天的怀念》。这是我特别喜欢的一篇散文，之前在喜马拉雅app上听了三遍。史铁生是我非常敬仰的一位作家，他的散文集《我与地坛》令人震撼。在经历了巨大的苦难之后，史铁生从容面对不幸的顽强精神激励了一代又一代的人。

在上课之前，我才知道那群"可恶"的小家伙竟然都没有预习课文，我顿时火冒三丈。之前叮嘱过他们好几次"前一篇课文学完，要主动预习下一篇课文"，看来自己高估了他们的自觉性，这群还没上道的小家伙，竟然就这样把我的话抛在脑后，我顿时有一种被欺骗的感觉。

这么经典的一篇文章，我实在不想在他们没有预习的情况下开讲，这样直接开讲学生们的学习效果一定会大打折扣。不能就这么便宜他们，得给他们点颜色看看，我心想。把他们数落一番之后，我决定让他们当堂完成一篇日记，主题不限，借此让这群"小东西"长长记性，同时也是检验他们的写作水平。

小家伙们一个个像做错了事，赶紧拿出日记本刷刷地写起来，似在与时间赛跑。望着他们认真的样子，一种胜利的喜悦涌上我心头。

还有那么几个"小东西"，一直冥思苦想、抓耳挠腮，显露出为难的样子，仿佛不知该从何处落笔，看了让人着急。

"老师，可以摘抄吗？"

"不可以。"我的语气不容商量。

"老师，可以写科幻小说吗？"

"可以。"我平和地说。

为了让他们有话可写，我随口道："你们可以写我呀，文字要真实，看谁能把我写活。"话音还未落，刚刚还鸦雀无声的教室顿时热闹起来，小家伙们竟和我耍起了贫嘴，七嘴八舌问个不停。

"老师，真的可以写你吗？会不会挨打？"

"老师，你多少岁了？"

"你怎么这么大胆，敢问老师的年龄，问女人的年龄不礼貌，老师 18 岁。"另一小子接话道。

"老师永远 18 岁。"还有一些声音跟着附和道。我心想，这群小家伙，嘴上像抹了蜜，小小年纪就学会了溜须拍马，我忍俊不禁。

这群可爱又恼人的小家伙，在写我时，像没见过我似的，无论我挪步到哪个角落，他们都不时打量我一番，然后匆匆写几行，一会儿又抬头观察我的举动，让我哭笑不得。一个小可爱像是打开了话匣子，自我调侃道："我是给班上调节气氛的！"惹得我既嫌弃又疼爱。

在巡视过程中，我发现许多小可爱都写得比较真实，写了我平时的举动以及我常说的口头禅"看我看我""我看哪只小手还没动起来""我喜欢上你了"等等，这让我意识到在平时的教学过程中一定要注意自己的言行，老师不经意间的言行举止往往会对学生产生巨大影响。

一节课下来，孩子们在欢快的气氛中完成了写作任务，且书写水平进步不少。孩子们的纯真给我带来了写作灵感，我有一种强烈的愿望：把这节课上我全部的感想记录下来，并与他们分享。

一节语文课是否质量上佳，不仅取决于老师讲得是否精彩，更重要的是看学生吸收了多少知识。通过这节语文课，我拉近了与孩子们的距离，也让我的学生对写作产生了更浓厚的兴趣。初一是打基础的时期，有较充裕的时间打磨作文，我一直以中考的要求训练孩子们的写作，正如"好文不厌百回改"，我希望在自己的带领下，孩子们能真正爱上写作，在阅读与写作中收获丰富多彩的人生。阅读是写作的活水之源，我乐于成为孩子们阅读路上的引路人。

我所遇到的每一届学生，与我都是注定的缘分。每位教师只要以真心真情与孩子们相处，用心发现他们身上的闪光点，用真诚与爱心打动他们，都会发现他们个个都是贴心的小可爱。

第五辑　岁月留痕

被房号串起的日子

没想过在山里住一辈子

这些年来，所有搬家或买房的情景，我都清楚记得。印象最深的，是我们购房交首付的前一天晚上先生那几近绝望的眼神，他说再凑不齐最后一万块钱，第二天他的头发准全白了。我至今犹记，在昏暗的灯光里，他神色凝重，说完后还长长叹了一口气，那晚烟灰缸里的烟头越堆越高，我们四目相对，久久沉默。

那一幕的画面永存于我的脑海中，那一晚体会到的生活艰涩，陪伴了我们风一程雨一程的数年奔波之路。

我老家在陕西，先生是梅州人。从相识到婚后，我们一直生活在深圳。起初的几年，我们居无定所，前前后后搬了好几次家。有了儿子后，我对房子的渴望便越发强烈。那时候，我并不希望住多大的房子，我只想拥有属于自己的家，让漂泊的心找到归宿，我们一家三口能有一个宁静的港湾。

先生的老家梅州属于山区，先生全家都是地地道道的山里人，他有兄弟姐妹六个，生活一直十分窘迫。他和妹妹的学习成绩都很优异，但家里供不起两个人同时上学，他妹妹便早早退学在家务农了。

先生是八十年代末的大学生，乡亲们都说他是山沟里飞出的金凤凰。在他兄弟姐妹的合力资助下，他第一次跳出乡村前往南京求学。大学期间，为了省点钱，他过年过节都很少回家。大学毕业后，他再也没伸手向家里要过一分钱，并一人担负起赡养父母的责任。他能上完大学，背后全家人都付出了巨大的努力。他一刻也不曾忘记自己有能力了要好好回报帮助过自己的亲人，他一直把这种责任看得比天还大。他毅然从肇庆、汕尾辗转来到举目无亲的陌生城市——深圳。他睡过马路，住过桥洞，还去同村一位大哥的工地上待过一段时间，最后落脚于宝安沙井的一家港资公司——德昌电机有限公司。

一九九五年春节前后，我从陕西老家来到深圳，几经周折最后也进了宝安沙井的德昌电机有限公司，成为那里的一名流水线女工。德昌电机有限公司是一个有着数万员工规模的大厂子，我们就像断成两截的一粒米，居然在箩筐里相逢了。他对我说过他的家在山里，十分贫穷，交通不便，住的是几百年前祖传下来的老屋，后来我过去一看，比我想象中的样子更倒退了三百年。不说进山时的十多里沙石路有多么惊险，也不说村庄里的房屋有多么陈旧不堪，单是我俩住的房子就狭窄得令人窒息。一层小平房，因长年累月雨淋日晒，裸露在外的红色砖墙已遍布青苔，十几平方米的屋子内仅能放下一张床、一张沙发和一个茶几，剩余的空间都转不开身。到了半夜，居然还能听到后山上的动物在林子里的嚎叫声。

多年后我常跟先生打趣说："第一次回你老家的那天晚上，就算是一个傻瓜跟你回去也准会被吓跑。"

而后来，我不但嫁给了他，还喜欢上了那个偏僻的山村。我喜欢那儿的青山绿水，爱那儿淳朴的村民。但是，无论山里的空气多么清新、泉水多么甘甜，我都从没想过要在那儿永久居住，因为我们在深圳工作，孩子也在深圳上学，我渴望把家安在深圳。

半间"夫妻房"

我们是一九九八年结婚的，婚后各自住公司的集体宿舍。他是公司职员，住四人间宿舍，我是公司普工，住八人间宿舍。当时大家的工资都不高，公司里的员工几乎无人在外租房，唯一的希望是住上厂里的"夫妻房"。夫妻房的数量非常有限，一直住得满当当的，只能等一对夫妻搬走，另一对夫妻才能按职位、资历排队入住。

我和先生结婚三个月后，如愿分到了夫妻房。夫妻房是当时的德昌公司对双职工夫妻的福利，一般公司没有。领到钥匙那天，我兴奋得快要飞起来，早早就下班去打扫房屋卫生了。集体宿舍在公司对面，共八层，六楼以下为员工宿舍，七、八两层为夫妻房。每层有二十几个房间，每间房又隔成两小间，住两对夫妻，共用一条过道和一个洗手间。我们的房号为"806"，我们住房屋外边半间，从门口望出去便是长长的走廊。半间房的空间实在太小，一张一米二的床就快把房间填满了。床边放一个衣柜，床前再摆一张小桌子，余下的空间两个人一站便显得紧巴巴的。

房子虽然狭小，但总算有了自己的"窝"。住进夫妻房的人看上去都很满足。那时大家的生活很简单，平时在公司食堂吃饭，周末自己开小灶。我们买了电炒锅和一台小电视机，电炒锅只能放在走廊拐角处，住里边的一家人进出或者走廊上的人经过时，都可以清楚地看到锅里的食物和汗流浃背的伙夫。长长的走廊上，常能见一个个男人挥汗如雨，尽情展示厨艺，乐此不疲。先生打趣说，德昌的男人下厨是光荣传统。两家共用一个洗手间总是很不方便，为了不那么尴尬，我每天早睡早起，尽量和里间的人错时使用，洗漱时两家也尽量不碰面，倒也相安无事。到了深夜，两家各说各的悄悄话，也不觉得别扭。现在回想起来，那被我们谑称为"婚房"的半间小屋，其实挺温馨的，那段蜗居的日子也蛮有滋味的。我们的儿子就是在那时怀上的。

怀上儿子后，我们每天上午在食堂二楼包餐吃饭，晚上先生做饭。因八楼太高，妊娠期间我上楼成了大问题。每次上到三楼，我便从北梯走到南梯，再从南梯上到五楼，然后从五楼南梯走到北梯继续上楼。如此几番，总算是摇摇晃晃回到了八楼小家。为了合我口味，先生常陪我一起吃水饺。那时电视剧《还珠格格》火遍大江南北，晚饭后我便站在走廊里远远地看电视，既远离辐射又可享受到走廊上通透的东南风。当时没有空调，我居然也不觉得特别热特别难过。

闲下来时，我们争着给腹中的胎儿取名。我们每天翻阅字典，有时参考琼瑶笔下富有诗意的名字，有时在历史文献中找，尽量发挥各自的才华。我们取了好多好听的名字，男孩名女孩名都有，我们以无比的热情迎接孩子的到来。那时手机尚属奢侈品，我们买不起，先生每晚就拿着电视遥控器和我腹中的胎儿"通话"，时常喜形于色。那时国家的计划生育政策非常严格，一辈子似乎注定只能生一个孩子，先生常劝我去门口的照相馆拍些孕期照片作为纪念，可我一直没去，我当时总想，挺着个大肚子，脑门上再顶着一头银发去拍孕期照别人肯定笑话。

为了便于坐月子，我剪短了头发，也没再去染发，我担心化学物品会损害到胎儿。一间房内住两对夫妻，日常生活中也有不方便的时候。里间住的夫妻原是采购部的双职员，后来搬别处去了，后住进来的那一对夫妻，我们与之的生活起居得磨合一段时间才能适应。

儿子在腹中一天天长大，我感到身体的负担在逐渐加重，对周围环境也变得越发敏感。怀孕近八个月时，宿舍的楼道内刷了一层油漆，因我常在走廊散步且在夏天皮肤外露容易过敏，有段时间我的全身奇痒无比，去了好几次沙井人民医院都查不出病因，为了不影响胎儿的健康发育，医生只给我开了些补钙的药。每当身体痒起来时，那种感觉简直生不如死。我身上许多部位都被我抓伤了，胳膊上、腿上满是血痕，幸好还有一张完好的脸。先生非常心疼，恨不得替我承受痛苦，有天晚上他竟抱着我痛哭起来，边哭边说些心疼我的话。

第一次住套间

先生是个急性子，不忍看我受罪。有一天我刚从医院回来就被他拉去看房子，当天就在上寮租下了一套三房两厅的大房子，月租金一千元，我们连夜搬了过去。

房东是本地人，一大家子一起住一楼，雇有专门做饭的阿姨。我们住二楼，一千元的房租在当时是比较贵的，何况我们就两个人本不用租那么大的房子，但先生顾不了那么多，他只希望我尽快逃离那地方。

租好房后，公婆提前从老家赶来深圳，准备照顾我坐月子。他们大包小包地带了许多东西，有给儿子的衣服，还有两大桶客家黄酒。

公婆住的房间向阳，连着厨房，我们住在对面的一间，另外的一个大房间用来放东西。朝外望去，窗外楼房林立，除了房子还是房子。婆婆每天烧半桶开水，水里放些从家里带的茶叶，待水凉后便让我用它洗身子。婆婆说那是家里常用的土办法，每天洗一次身体就不会痒了。没想到还真管用，洗过七八次后我身上就没有之前那么痒了。

先生每天骑单车上班，得穿过107国道上寮村旁的地下通道。上寮距他上班的地方稍远了些，但比住八楼夫妻房要舒服多了。那房子空间大，不用爬高楼，还随时可以去旁边的球场散步，晚上可看年轻人打球。我们住得十分舒适，但那毕竟是租来的房子，我对家的渴望反而变得更加强烈。

一个月后儿子出生了，我们一家人忙得不亦乐乎，天天围着小家伙转。我的身体已慢慢痊愈，这得益于婆婆的精心照顾。巧的是，楼下的房东也添了孙子，比我们的儿子早三天出生，可奶水不够吃。有一天，房东女主人给了我一个红包，说想要讨些奶水，我执意不肯收，她说这是本地习俗，不收红包会断了我的奶水，我只好收下。

在上寮居住的日子里，公公每天去上寮市场买菜，用黄酒煮鸡给我吃。婆婆每天收拾家里，还要照顾孩子。月子里，儿子每要拉撒，我只需喊一声"阿妈"，婆婆便第一时间到我房间，两个月里没让我碰过一滴冷水。

坐完月子后，我整个人胖得不成样子，婆婆却明显瘦了。我看在眼里，疼在心里。

常年远离娘家，有时我会想念家乡的亲人，但公婆无微不至的照顾一直温暖着我的心。先生不在时，我和婆婆之间因语言不通很少交流。婆婆只知道毛巾叫"手帕"，帮我拿东西时常"张冠李戴"，如我要剪刀，她却拿来毛巾，我要毛巾，她又拿些别的东西给我，时常让我哭笑不得。

我们的日子在忙碌与欢乐中度过，心头却时常掠过几丝不安。儿子出生前，我们俩的存款不足八千元，儿子出生后，我们又花去三千多元，房租、水电费、生活费等各项开支每月至少三千元。我休产假时没收入，一家人的生活仅靠先生那每月不足三千元的工资，实在感到入不敷出。

住套房确实舒适，可我们的心却常常感觉被攥得紧紧的。后来先生告诉我，在我安心享受月子里的悠闲时光的那段日子，他常常整夜难眠，从早到晚都在为生计发愁。

P座里的欢乐时光

儿子两个月大时，我们有幸分到了公司为员工新建的家属房，那段时光真是喜从天降。家属房是在公司斜对面新建的一个小区房，位于沙井东环路和庄村路的交叉路口旁，公司给其命名为"P座"。P座共有两个单元楼，每个单元楼有五层，每层十个房间。一号房共三十三平方米，二至七号房均为三十平方米，八号房四十八平方米，九号房有两室一厅共六十五平方米，十号房有三室一厅共九十平方米。主管级别的职员可以住九号或十号房，我们住八号房，虽只有一室一厅，但在单房里是最大的，房号为"408"，东西桩基，门口朝东，阳台向西，从阳台上往下望就是东环路。申请家属房和夫妻房一样，住客必须是公司的双职工，且得排队轮候。

对于我们来说，能住上家属房很是幸运，一家人兴奋不已。产后两个多月时，我怀着无比喜悦的心情去看分到的房子。房内的一切都是新的，墙面洁白，客厅连着厨房，厨房外是阳台。内室里有一张床、一张书桌、一个不大的衣柜。洗手间在房间内，客厅里有一张椭圆形的大饭桌和一张床。

一切已布置妥当，可随时拎包入住。

房子通风一段时间后，我们便搬进了家属房，一住就是七年。

这七年里，我们一起走过生命中的种种重要历程，也留下了许多难忘的记忆。

儿子三个月大时，常常黑白颠倒，白天呼呼大睡，晚上精神奇好，我们三个人只能晚上轮流带儿子，最后都非常疲惫。先生常说，白天上班站着都能睡着。我有时真希望小家伙回到我肚子里，让我睡个安稳觉。然而儿子出生后给我们带来的欢乐，很快就把困乏冲淡了。

生儿育女纵有千辛万苦，但有苗不愁长。儿子在我们终日的劳碌与期待中一天天长大。自从公公回老家后，婆婆带孩子比我上班还辛苦，做饭、洗衣、拖地，把家里收拾得井井有条。婆婆把儿子照顾得很好，一日三餐变着花样为小家伙做好吃的，煲肉汤、蒸鸡蛋、煮米糊……为儿子的身体发育费尽心思。果然功夫不负有心人，儿子长得圆嘟嘟的，大伙见了都叫他"小胖子"。小家伙不知道"小胖子"是啥意思，一直随叫随应。他跟楼下的保安叔叔特别熟，见了保安叔叔也喊"小胖子"，常逗得众人哈哈大笑。儿子1岁左右开始学走路时，常推着楼道里的垃圾桶摇摇晃晃地来回跑。意想不到的是，有一天，他竟能自己迈开步子走路了。儿子长牙时牙龈痒，常用仅有的两三颗牙齿在奶奶脸上咬出血印，我很心疼老人家，婆婆却说不疼。

小院的孩子多，他们每天满楼道地跑，东躲西藏做游戏，可开心了。当然，最开心的还是婆婆。院里有几个会讲普通话的客家老人，婆婆慢慢跟他们熟了，终于也可以与我们交流了。我们上班后，她便和老人们一起带孩子，我们下班回来，她就给我们讲院里老人们的趣事。

婆婆对我疼爱有加。有一次我偶感风寒，她便端来热水督促我吃药；有一次我不小心烫了脚，她竟抓着我的脚涂抹牙膏。在婆婆心里，儿媳和女儿没有区别，都是她的孩子。当然，我也把她当成自己的母亲。

我和婆婆的交流并不多，因为我的客家话一直说得结结巴巴。我不敢说有多么孝敬婆婆，只是尽量多做些分内事。婆婆头发长了，我就挽着她去理发店；她的指甲长了，我就帮她修剪。婆婆时常像个害羞的孩子，常盯着自己青筋突起的手凝神看，仿佛在问自己是不是很老了。看着婆婆那黝黑弯曲的手指，我觉得很亲切，我深知那是一双把六个子女拉扯成人的手，是一双为我们创造幸福生活的手。婆婆以前总在水田里干活儿，手脚因长时间浸泡在水田里落下了病根，常喊脚踝关节酸痛，我们给她备用的药物从未断过。

换季时，我会带她上街添置衣裳，过年时，给她从头买到脚，一身新。这些新衣裳，婆婆总舍不得穿出门。我曾给她买了对银镯子，看到她那爱不释手的样子，我比戴在自己手上还开心。老人家很容易满足，只要是儿子儿媳的心意，不在乎东西是否贵重。

婆婆爱看电视，但也只是看看画面图个热闹，具体情节并不清楚。她认为能上电视的人很神奇。她时常说电视里的人像她们村里的人，有时还会对着电视自言自语，甚至于，她还问我那些人是怎么进到电视里的，她说电视里好多人都对着她笑，她害怕电视里的子弹射到她，因此总是坐得远远的，却又把脖子伸得老长。我倒觉得，婆婆比电视里的人还可爱。

我和先生平时工作不算太忙，但也没有特别清闲的日子。那时候我们都在德昌厂上班，一年中最长的假期是春节，每年在大年三十上午放假，年初四就要上班。

一晃几年过去了，公司员工的子女越来越多，为了解决孩子们的入托问题，公司在小院一楼开办了幼儿园。儿子去幼儿园非常方便，对环境也很熟悉，第一天去都没哭一声。婆婆不用出院门便可以接送孙子，我们很放心。

相对而言，德昌厂员工的文娱生活还算丰富。公司有专门的歌舞厅，名字挺好听，叫"声雅廊"，每个月公司都会在那里为当月过生日的员工举办生日晚会，平时也有员工去那里跳舞。在同事们的鼓动下，自考即将结束时我也参加了两期交谊舞学习班，后来还经常和同事们去那里跳舞，留下许多美好的回忆。

那几年的生活宁静安详、轻松自在。二〇〇三年后，沙井陆续建起了一些小区房，一栋栋高楼拔地而起，比较有名的是"丽莎花都"，房价每平方米三千元左右。那时人们的购房意识不强烈，很多房子都长时间卖不出去。德昌公司对部分职员实行买房补助政策，有一定级别的职员大多在丽莎花都买房了，公司预垫十万元首付。现在想来，那真是一个绝好的机会。我们也有资格享受公司的这项福利，也有些心动，也一起谈论过此事，却最终不敢"下手"。以我们当时的收入，即使公司垫资十万元，买房对我们来说还是比登天难，因为我们上有老下有小，工作又不是很稳定。

或许有人以为广东这边是遍地黄金，其实呢，先生家里一贫如洗，几十万的房子是真不敢想。有几个同事的家庭条件不错，父母给予一定资助后，都在丽莎花都买了房子。除了羡慕别人，我们有时也会觉得遗憾，毕竟与绝好的机会擦肩而过。虽然遗憾，倒也不觉得后悔，毕竟财力有限，凡事得量力而行。

二〇〇五年，先生的兄长要筹款做生意，我们把家里仅有的几万元存款都拿出来帮他，从此我们便彻底打消了买房的念头。

一晃几年过去了，儿子去了华南学校上学，由先生负责接送。婆婆一个人留在家里，邻家的老人都回老家了，她突然觉得很不习惯，便也想着回老家。更重要的是，她老想着她在老家一手培育的果树，我们只好答应她回去。

二〇〇七年年底，我们搬到德昌公司的另一栋家属楼居住，那里全是单职员工宿舍，而且儿子去学校不用过马路，方便安全。在德昌厂一线员工上班其实挺累的，我之所以努力参加自学考试，就是希望能早一天离开目前的工作岗位，找到自己喜欢的工作。我们搬过去，就是为我离开公司做准备，因为我一旦离开了公司，先生成了单职员工，我们便没资格住 408 房了。

单职宿舍 6016

虽说换了个地方，邻居仍全是同事，儿子仍有许多小伙伴一同玩耍，只是这单职宿舍不再是封闭式管理。我们的房号为"6016"，共一房一厅，离儿子的学校也比较近，只是比原来的 408 房稍小些。儿子住里间，我们住厅里，另新买了衣柜、书桌和儿子的小床。

德昌公司南门对面有一条步行街，步行街东邻东环路，有几百米长，非常热闹。街两边有糖水店、粉面店、服饰店、烧烤店等，每个小店的生意都非常红火，琳琅满目的商品和川流不息的人群，常令人眼花缭乱。这条街的顾客主要是德昌员工，清一色的工服，昼夜人流如织，场面颇为壮观。

与步行街仅有一墙之隔的是一座新建的星级酒店，名字也挺霸气——"金至尊大酒店"。豪华气派的金至尊大酒店矗立在工厂与宿舍楼中间，与周围相较显得格格不入，不过倒也令人感受到深圳的贫富差距和阶层差别。出入酒店的人大多非富即贵，常客多为德昌的港籍员工。内地员工很少专门自掏腰包去酒店消费，除非是部门的年底聚餐。

我平时上下班都要经过步行街和酒店大门。我常想，能去金至尊酒店吃一顿饭真是件了不起的事情。每当站在德昌门前的人行天桥上，望着金至尊大酒店，我总是想着有朝一日全家人也要去那儿吃一顿大餐，让儿子见见世面。

二〇〇八年，我离开了德昌电机公司，对于工作了十多年的地方，我心怀感恩。在德昌，我遇到了先生，有了我们的小家，考取了大专文凭，并通过努力拿到了教师资格证，此外还学会了跳交谊舞，得遇一帮知心好友。

终于再也不用去工厂上班了，我顿时觉得特别解脱。每天就是买菜、做饭，其余时间自由规划。后来在一个偶然的机会下，我得知 QQ 空间可以发表文章，甚为惊喜。从那时起，我便与文字结下了不解之缘，白天写作，晚上与家人一起散步或辅导儿子学习。我的第一篇作品是一首诗——《思念如我》，看到作品下边的评论不少，我很受鼓舞，后来我又写了《故乡的眷恋》《生活随笔》等作品。我将电脑桌放在床尾，床有些高，坐在床边打字有些不舒服，但我心里却无比愉悦，毕竟没了工作上的压力，且每天有充裕的时间打磨文字。

几经波折后，在二〇〇九年的九月份，我终于如愿就职于华南学校。我住在五楼的教工宿舍，儿子住在二楼的学生宿舍，一家三口各居其所。每个周末，当我和儿子回到 6016 房，先生总把我们母子俩当客人招待，做我们喜欢吃的饭菜。

为了方便我和儿子，二〇一〇年过完春节后，我们搬到了学校对面的骏苑小区。遗憾的是，在离开那个我们生活了十多年的生活区时，一家人竟没有专门去金至尊大酒店好好吃一顿。

看房

我们租住在骏苑小区的 502 房，房内有两室一厅，共六十多平方米。小区里全是低层楼，502 房位于顶层，环境不错，与学校仅隔一条马路，只是先生上班远了些。房东是潮汕人，老板娘看上去比我年轻，却已是五个孩子的母亲。在 502 房居住，我感觉空间相对大些，住得也挺舒服，日子平淡而充实。

在那两三年里，沙井新建了不少村委统建楼，虽不是商品房，但都是花园小区房，价格在每平方米四五千元。身边买房的人越来越多，有学校里的同事，也有先生公司里的同事。

每当我听说谁买房了，心里就越发着急，急欲自己买房的想法便像火一样在心中燃烧。远离故土，身处他乡，我无比渴望在深圳拥有自己的房子。可是，在买房这件事上，先生是犟得十头牛都拉不回。不知从什么时候起，房子成了我们之间争吵的导火线，每当谈起看房的事，总少不了一场争吵，基本上每天一小吵，三天一大吵，吵架成了我们的家常便饭。或许他真是穷怕了，总是说等钱攒够了再买。我明白先生的心思，他清楚我们的斤两，也清楚我们的家庭状况。可我想，在农村谁家建房子不是东拼西凑，有多少人是攒够钱才建房子？何况现今房价水涨船高，若等到攒够了钱再买房，恐怕到时更贵了。

在我一次次的软磨硬泡下，先生终于答应去看房了。

　　相对于如今的楼市大环境，那时的房价虽已经上涨了，但还不算太高，还在我们可以承受的范围内。我们先后去了"盛芳园""学府花园""星河名苑""濠景城"几个小区，我们去时，这些小区的房子已基本售罄，剩下的只是边边角角的小户型房或者是有四房的大户型房。这些小区的售楼处都明确规定，要一次性缴清房款，这对于目前凑首付都困难的我们来说，简直是无理要求，因此即便看到合意的房子，我们也只能灰溜溜地离开，但心中充满遗憾，恨不得天上能掉下来一坨金子砸在我们头上。

　　因买房之事屡屡受挫，我们又免不了争吵一番。先生觉得自尊心受到伤害，与我冷战了一段时间后，不再跟我讨论买房的事。但是，买房的这根火苗并未在我内心熄灭，它随时会燃起熊熊烈火。

　　过了一段时间，我听说濠景城不错，又拉着先生去看房。当时，"二期濠景时代"正在建设中，过一两年就可建好。很惊喜，这正合我们的意，因为一两年里我们可以筹齐房款。第二天，我们再次兴冲冲地去濠景时代，这才得知那里建的是公寓房，不适宜家庭居住。我们心中的火苗再次被浇灭，虽觉遗憾，但想到钱还揣在兜里，心里便又踏实了一些。

　　记得一个周末，我们去沙井华润万家逛超市，在超市门口接到不少售楼传单，其中一份叫"怡安花园"的宣传单引起我们的兴趣，第二天便去看房了。这是沙二村委的统建楼，共四栋楼八个单元，已有六七百位住户。售楼小妹热情地接待我们，先带我们去八楼看房，房内有三室两厅，共一百三十平方米，门口还有入户花园。我觉得户型不错，令我意外的是，一直不愿看房的先生居然也觉得不错。我本还想去看看别的户型，他却不肯了。看得出来，他非常喜欢这个户型，我们便当即决定买下。

接下来就是买第几层房子的问题。我马上给陕西老家的亲人打电话，哥哥建议我们买第九层。

当天须交两万元订金。售楼处的两位工作人员送我们回家取钱。在拿出存折的那一刻，先生突然犹豫了，他说："我们会不会太仓促了？要不要再考虑一下？"这家伙，都到这节骨眼上了，居然还想打退堂鼓。这时我可不管了，立马从他手上抢过存折，然后随售楼处的工作人员去银行取出现金交了订金。

事情总算是定了下来。真没想到，买房这样的大事，居然就在那寻常的一天定下来了。

筹首付

接下来的一个星期，我们一直奔波在借钱的路上。能想到的亲戚都借了，不该借的也开了口，但仍凑不够首付。山穷水尽已无路，每日备受煎熬。两万元订金已交，我们无路可退，即使撞得头破血流，也只能硬着头皮往前冲。

将近三十万元的首付，在当时，我们真是难以企及。结婚十年，我们没多少积蓄，若不买房日子还能将就着过。那些年里，我们帮衬两边家里比较多，无论先生家里有什么事，只要一个电话打过来，我们都会尽心尽力，从没让家人失望过。陕西老家的哥哥生活上也很紧巴，孩子们正在读书，正是用钱的时候。但大姐把家里准备建房的几万元拿出来支援我们，二姐也给予我们不少资助。最后，先生还是向他家那边的亲人开了口，希望兄弟姐妹们能一起帮忙贷款，我们承诺会及时还上，但先生的兄弟姐妹们都无力相助，拿不出一分钱，也没能力帮我们贷款。后来先生给他一位高中同学打电话，结果也石沉大海。

订房的欢喜瞬间被首付抹掉。因筹不齐钱，我们之间的争吵一天比一天多。我埋怨他平时尽心尽力帮助他的家人，而当我们需要钱的时候却没人能帮上忙。我不是个小气的人，只是我们当时委实太过困难。

为了凑够首付，我们终日寝食难安，跟谁开口都觉得千难万难。此时我更加体会到了父亲曾经的不易，那时他时常为我的学费四处借钱。

至今我仍记得，须交齐首付之日的头天晚上，先生说："如果明天再借不到最后一万元，我的头发就全白了。"昏暗的灯光里，他神色凝重，说完还长长叹了一口气。烟灰缸里的烟头越堆越高，我们四目相对，然后久久沉默。当时我不知道该怎么回答他，真想大哭一场。那种叫天天不应叫地地不灵的绝望感，像洪水一样漫过我的脑门。

到了半夜，我们感觉实在没办法了，打电话向二姐求助。其实二姐已尽全力帮过我们了，但她理解我们的难处，最后，她答应再想想办法。那一刻，我的眼泪止不住地流了出来。

　　我不知道二姐是从哪里借到这一万元的，总之第二天我们如期交清首付，领到了钥匙，压在心中的石头终于卸下了。在经历了人生最艰难最灰暗的时光之后，按手印时我百感交集，之前在深圳租房的所有悲喜，都顷刻从我模糊的眼前晃过。

　　房子定下来了，心也跟着定下来了，我们须五年内还清所有房款，月供是六千多元，压力很大。摆在眼前的还是个毛坯房，但我们抑制不住内心的欢喜，一到周末就去新房子那里看看。我们那时的感觉，真是几分欢喜几分愁，但总的来说，还是欢喜多一些，只要工作稳定，还清房贷也不是很大问题，至于装修，晚一年也没关系。

　　非常不巧的是，那年秋天，婆婆因摔倒而卧床不起。家里没有人照顾，她只能去妹妹家休养。无论我们的经济情况多紧张，还房贷的压力多大，给婆婆治病的钱我们首先得准备好，不能让妹妹受累又花钱。

装修

　　随着婆婆的病情一日日好转起来，我们最困难的时候终于过去了。二○一一年春节后，我们便忙开了，跑了好多家装修公司，最后决定自己买装修材料，请先生老家的坤松哥装修。坤松哥在深圳搞装修已有多年，经验丰富，且人工费还可以稍微缓缓。

　　六月初开始装修，每隔一两天，我们下班后就去看看进展情况，仿佛看了心里才踏实。走水电、铺地砖，每完成一项我都感到无比兴奋。几乎所有的装修材料都是我亲自购买的。对于房子，我都有些强迫症了，生怕先生买的东西不合我心意。地砖、木材、灶具……一切都是自己选颜色，每种材料我都会跑好几家，货比三家后才下手买。

暑假期间，我每天从学校的 502 房赶往怡安花园的 904 房看施工进展。每天每栋楼一层一层地看，比较各家的装修风格。无论我走到哪家，家里的主人都热情地向我介绍自家的装修理念。水电、地砖完工后，木工进场。坤松哥为我们请的是做了几十年木工的老师傅，除了饭桌、沙发、厨具，其余的陈设如鞋柜、衣柜、榻榻米、书柜、书桌等全是木工师傅亲手打造的。这是我们跟沙井本地人学的，本地人实在，做木工讲究结实耐用，更重要的是，做的家具镶嵌在墙里，可防止蟑螂进入。

装修的日子，每一天都充满希望，每一天也都为钱发愁。我们俩都爱面子，总觉得大家生活都不容易，不肯轻易向别人借钱。后来，陕西老家的三哥三嫂多次打电话来，说现在手头宽裕了，我们这才接受帮助。

有一天，我们在幸福居看卫浴，好友珺子、飞建夫妇打电话过来，主动提出帮助我们，先生让我婉拒了。他说不想让我的同学知道我们的窘境，我心想真是死要面子活受罪，在现实面前，我们都败给了面子。第二天，我们实在急需一笔钱，我又不得不打电话过去。唉！在困境面前，面子真没那么重要，况且老同学是真心实意想帮我们。我和先生在德昌时的同事小马，也在我们最困难的时候伸出援助之手，令我们感激不已。

虽然那时我们的经济情况比较紧张，但我们隔三岔五仍会请装修师傅们吃饭。他们是先生的家乡人，大家聚聚可以加深情感，当然也希望他们把活儿尽心做好。装修结束后，我们想办法及时付了工钱，大家在外谋生活，都不容易，无论如何也不能拖欠工钱。

房子终于装修好了。在搬离骏苑小区时，我们却与房东闹得有些不愉快。平常我们上下班时，房东老板娘常在窗口做饭，看到我们就热情地和我们打招呼，彼此相处倒也融洽。我们提前一个月跟她打了声招呼，说我们快搬走了，到时可以接收新租客，但是还在我们租期内的某一天，房东连声招呼都不打就带人去看房间。我们一直没有换锁，想着看看倒也没啥，但在我们搬走的前两天，他们竟然私自把我们尚未整理的东西清理掉了。先生为此很不高兴，便和老板娘理论。最令人气恼的是，儿子写的几本日记也被扔了。同事们让我找房东算账，我想都要搬走了，以后不见面便是，事情就这么算了。

安居 904

二〇一一年十一月，我们终于住进了梦寐以求的新房，终于有了稳定的居所。入住的前一天，先生家里的兄弟姐妹从梅州老家赶来，我的侄子哲哲也从惠州过来庆贺我们乔迁新居。在老家人的指导下，我们按照看好的时辰入房开灶火，那天我们只请了较亲近的人，中午去客家菜馆摆了两桌酒席。从此在深圳，我们有了真正属于自己的家，开始安定生活。

生活是安定了，但在还贷款的几年里，外人未必清楚我们是怎么过来的。婆婆卧病在床好几年，一直住在妹妹家，我们必须在经济上给予资助。深圳不比农村老家，房前屋后种些菜，没钱也可以过日子。生活在深圳，每天打开门都得花钱。为了周转资金，先生办了一张平安银行的信用卡，月月拆东墙补西墙，哪个地方着急用钱，他就补哪儿的窟窿。这些年来，真是苦了他了，他常恨不得一分钱掰成两半用。每当我让他添件衣服，他就跟我急，他对自己的花销简直到了苛刻的地步。一件夹克穿了十年仍不肯脱，裤子穿到发白还不肯去买新的。他总是说："比我们村里的人穿得好多了。"想想真是无语，我和儿子也拿他没办法，但对于我，他却很大方。

公婆年岁已高，我们时常提心吊胆地过日子，时刻担心老人家的身体状况。婆婆在床上瘫痪了几年，后来还是走了。她最大的心愿就是来我们的新房子看看，却没能等到这一天。没有把婆婆接来深圳照顾，一直是我内心的遗憾，可在当时，还清房贷的任务像山一样压在我们身上，现实不允许我们丢掉工作。

二〇一五年房款全部缴清后，我们一家三口去金至尊大酒店好好地吃了一顿，还在那里住了一个晚上。

在深圳关于我们买房子的故事，和别人比起来或许根本不算什么。我们今天所拥有的一切，在林立的高楼大厦里几乎微不足道，但这一路走来，我们深深感到它是多么来之不易。今天，我坐在明亮的窗前，坐在属于自己的家里，看着这每一面墙、每一块砖头似乎都可以讲上三天三夜，因为，它们是我们一分一分挣来的，既浸透着血汗，也满含着热泪。

转眼间，我们已在怡安花园生活十多年了，小区不大，住户大部分都是沙井本地人。他们并不是想象中那种财大气粗看不起外乡人的样子，相反，他们非常友善，乐于助人。无论我们去社区工作站的哪个部门办事，工作人员都十分热情，彬彬有礼，让我这个外乡人倍感亲切。

小区里虽没有地下停车场，但我们从不担心停车问题，地上车位很充足，环境也好，遍布着樟树、榕树、桃花心木、凤凰木、秋枫，一年四季总是绿莹莹的。我特别喜欢 D 栋后边的林子，我给它取名为"后花园"。后花园内有一片小土丘，种有桂花树、木棉树、一串红、紫荆花树、龙眼树、杧果树等，各种树木一年四季青青翠翠。每年的早春时节，硕大的木棉花缀满枝头，红艳艳的，分外夺目。那两株紫荆花树分别长在石径两旁的土丘上，紫色的花清新淡雅，如紫玛瑙在绿叶间闪耀。

一到初夏，青绿色的杧果一串串挂满树间，像绿色的鹅卵石，沉甸甸地压在枝头。后花园的树林边还有一个弯月形的玻璃亭子，亭子内有一张圆桌和四把竹椅，人们可以安静地看书、观景，偶尔还能听到鸟儿清脆的鸣叫声。若在微雨天，撑一把伞漫步后花园，可暂时忘却都市的喧嚣，享受难得的清宁。

　　每年秋天，社区都会举办邻里节活动，所有居民都参加。大家围坐在大圆桌前，一起吃烧烤、水果，很是热闹。平日里，社区住户的文体生活也很丰富，老人孩子都怡然自乐。星光老年之家是老人们休闲的好地方，在那里看报、打牌、锻炼身体都行。党员活动室里有图书和健身器材，年轻人可以去那里读书或健身。每年春节前夕，舞狮队每晚都敲锣打鼓，人们便知道年的脚步近了。前两年，前门东侧的那块地也建成了花园，是人们休闲的好去处。

　　一年又一年地就这么过去了。如今，我们在周末常去金至尊大酒店喝早茶，德昌公司旁边的步行街在几年前已变成幼儿园，橙红色的墙面镶着白边，在蓝天白云下格外显眼。公司附近的不少工厂都搬走了，东环路也变了模样，但幼儿园里的孩子还是那么多。看着他们欢天喜地的样子，我便会想起儿子小时候的模样，想起这些年的过往。

　　有好几次，我都想回408房看看，那里有我们太多的记忆，但我每次经过都没有进去，只在楼下看一眼那熟悉而又陌生的阳台。

　　事实上，我想去看看的地方何止是408房呢？我所有的关于房子的记忆，最终都成了一串数字："806""408""6016""502"，还有现在的"904"，这一串串数字，把我们在深圳奋斗的二十多年都串了起来，凝结成了五味杂陈的流年。

从流水线走向讲台

一

一九九五年过完春节后，我不顾母亲反对，执意从老家陕西南下打工。我先去的是深圳坪山，在一家线厂工作了半年。后来宝安沙井的同学小洁建议我去她那边的德昌电机厂，她说德昌厂是港资企业，规模大，"出粮"准时。

那是一个大热天，我辗转赶到沙井时已是深夜。小洁借来一件厂服给我，我偷偷混入老乡宿舍。宿舍在南洞村，非常偏远，不远处还有稻田和鱼塘。屋子里又热又闷，但有小洁照顾，我感到很暖心。

小洁是厂里的质检员，俗称"QA"，厂里的人都说她能干、人缘好。第二天小洁就领着我去人事部报到。我的车间在五座二楼的生产部，里面很宽敞，十几条流水线整整齐齐，一台台机器像一个个列队的战士，很是壮观。每条线上除了我这样普普通通的线员，还有线长、助线和科文，他们负责整条线的运作。来深圳之前我没有听说过"流水线线员"这个词，在坪山却时常听人说起，直到现在真正融入其中，我才对它有了更真切的感受。在德昌厂的生态圈里，线员比蚂蚁还多，他们处于最底层，每天两班倒，十二个钟头一直站着。幸好，在小洁的帮助下，我住在她的隔壁，下班后还可以一起出去吃吃夜宵说说话。每间宿舍都摆有四张铁架床，上下铺，住八个人。我是新员工，自然只能睡上铺。我时常担心自己半夜翻身时会掉下来，有好几次都从担忧中醒来。员工宿舍没有热水器，冲凉得从一楼的开水房提水，我们住的楼层高，因此特别辛苦。职员就不同了，他们的宿舍只住四个人，还有热水器，冲凉很方便，伙食也好，令人羡慕。

二十多年过去了，我至今仍记得，我们部门二楼有个开放的办公室，香港主管、内地主管、文员都在此办公，这间办公室里有空调，有茶饮，看上去很体面，而我们这些流水线上的员工，一进车间几乎就成了流水线上的一部分，整天站在那里不可随意走动，甚至连喝水、上厕所都要请假。看到办公室里的人员能在车间自由走动，我跟大家一样，总会投去羡慕的目光，渴望有朝一日也能像他们那样，有一个相对体面而轻松的岗位。除了工作内容和生活环境迥异，就是厂牌、衣着都大不相同。职员的厂牌是竖牌，员工的厂牌是横牌，等级分明。所有人进入车间都必须换工鞋、穿工衣，工衣是身份的象征，如标签一样贴在身上。在车间里，管理人员的工衣是一件淡蓝色长外套，看起来像风衣，美观大方，而我们线员的工衣就像做饭时穿的围裙，头上还会戴类似浴帽的工帽，以免头发掉在零件上影响产品质量。那工帽就像紧箍咒一样，常常勒得我头痛欲裂。因这种种事情，即便下班后躺在床上，我也会自卑得想哭。

时间长了，这种有形的枷锁就慢慢令人麻木了。每条流水线上的线长都是原先的老员工被提拔上去的。作为一名高中生，我非常渴望自己有朝一日也能熬出头，哪怕当一名线长助理也好。每天开工前，线长都要开会训话，我们稍不注意就会被狠批，几乎每个线员都被训过，而主管来车间巡查时，也经常会训线长。那些日子，几乎所有人都小心翼翼。每天站十二个小时，单调重复的动作看上去挺简单，但要求速度快、不能堆货，连上厕所的工夫都得有人顶替岗位。因站的时间久，我的两条腿都肿了。

更令人难以承受的是转夜班。我进厂没多久便开始上夜班。每天早晚七点对七点，中间有半个钟头的吃饭时间。车间对面是职员宿舍，职员不用上夜班，他们的宿舍里贮存了各种食物，晚上便售给上夜班的员工。每到夜宵时间，线员们往往都已双腿酸痛，没时间也没精力去食堂，就去车间对面买面包、泡面回车间拌开水吃。那些食品从窗口递出来，线员们在楼下总能排成长龙。上夜班虽然很辛苦，但不像白天有那么多管理人员盯着，工友们偶尔可以说说话，时间久了我反倒喜欢上夜班。

深圳的天色比老家亮得早，早上七点当我们从车间出来，只见那些浮肿的眼、蜡黄的脸——迎着朝阳，仍透着青春的气息。我们呼吸着室外新鲜的空气，走在马路上，在城市的尘埃和汽车的尾气中穿行，常听见爽朗的笑声回荡在工业园区，我们也并不觉得十分疲惫。女孩们很享受白天的悠闲时光，有的一起相约去逛街，有的冲了凉在宿舍织毛衣。

我在流水线上干了两个月后，慢慢适应了宿舍、车间、食堂这三点一线的生活。

每天下班后我和小洁形影不离，一般很少出住宿楼，偶尔去逛逛街。我们的工资每月也就六百多元，一直以来我们省吃俭用，小店里那五毛钱一根的冰棍我们也觉得很甜，五毛钱一个的油粑也觉得很香。花花绿绿的街面很是吸引人，我们却不敢逗留太久。每次出厂门，我们都要带齐证件，常常如贼一样东张西望，既兴奋又害怕，害怕治安员穿着便衣来查暂住证，害怕小混混来明抢暗扒。

当然，夜间走出宿舍偶尔也会收获惊喜。记得那是深秋的一天晚上，就在厂区的篮球场边，我们偶遇了一个来自广东梅州的男孩，从厂牌上一眼就能看出他是职员。他远远地注视了我们很久，很想和我们搭话，后来竟然通过宿管找到了我的宿舍。小洁偷偷对我说："他对你有意思，不知道他家里有没有老婆。"

当时我也没想太多，只跟他接触了几次，觉得还算聊得来。这人特别实在，最令我感动的是他没有嫌弃我是流水线上的员工。我记得最清楚的一件事，就是每天晚上他都会帮我把冲凉水从一楼提到我们宿舍里，工友们都十分羡慕我。

后来我常常想，女人啊，一桶热水就可能决定她的命运。

二

虽然我恋爱了，生活相对从前丰富了一些，但毕竟是第一次远离家乡，仍然常常自己一个人悄悄在被窝里哭，我很想念母亲。那时候的通讯很不便利，来到南方后我几乎和家里断了联系。那时没有电话，只能写信，来回至少要半个月。我只能从哥哥的间断来信中知道母亲的身体状况。我原本打算在母亲生日前寄些钱回去，然而，就在那个落叶纷飞的初冬，母亲尚未收到我打工挣的第一笔钱就永远离开了。当时母亲走得很突然，那是一个下午，我收到二姐发来的电报："母病故，速回电。"面对这突如其来的六个字，我几乎要晕倒，小洁紧紧地握着我的手，梅州男孩也一直安慰我。宿友们不知道我的内心在经受着怎样的痛楚。待我慢慢清醒过来，我总怀疑那份电报发错了。一夜之间，我的双眼肿得像核桃。

我火急火燎地踏上归家的列车，到了村子里，眼前的一切告诉了我事实。亲人们穿白戴孝，我再也看不到母亲那熟悉的身影，横在眼前的，是正屋中间母亲的灵柩。我跪在灵堂失声痛哭。我多么想打开棺盖看母亲最后一眼。

母亲下葬前，我每天都围在她身旁。我想和母亲多待一会儿，好好跟她说说话。我不知道我说了什么，也不知道母亲听见没有。那几天里，我茶饭难咽，不愿踏出家门半步，不愿见任何人。我不知道自己当时已变成啥模样。母亲下葬那天我哭得天昏地暗，只是任我怎么哭也哭不活母亲了。当母亲的灵柩就要被抬出家门的那一刻，我发疯似的扳住不放。我的心在滴血。我无法原谅自己，在母亲临终的那一刻，我仍在深圳德昌厂的流水线上忙活。母亲就这么走了，没留下一句话。随着送葬的人群陆续到达母亲的墓地，我不顾一切地跟着跳进墓坑，我甚至想陪着母亲一起离开人世。亲友们立即把我从母亲的墓坑里拖上来，我就那么眼睁睁地看着母亲的棺材被一锹锹黄土永久掩埋。

母亲走了，我的心也空了。初冬时分，周至万物已冷，我在南方待的时间不长，突然觉得家里少了母亲后也少了温暖。父亲早年就走了，眼下母亲也走了，我觉得这家我一天也待不下去了。村里人都用同情的目光看我，他们觉得我很可怜，年纪轻轻还没成家就没了父母。我也觉得自己可怜，在家靠父母，父母却都不在了，在外靠朋友，而外头的生活又是那么艰难。然而，假期即将结束，再艰难的生活也得勇敢面对。

第二次离开家乡时，我怀着无比哀伤的心情。家乡养育了我，那里有我童年的欢乐，有我少年时期的学习生活和纯真友情，那里所有的人事和草木我都那么熟悉，但也是那么地令人伤心欲绝。"父母在，不远游"，父母都不在了，我就必须离得远远的吗？那就远远地离开吧，也许只有回到深圳，才可以治疗我失去母亲的悲伤，那里至少还有一个小洁和一个梅州男孩。

刚回到深圳不久便到了年底，我决定辞去流水线上的枯燥工作。按照厂规，辞工三个月后可以重新进厂报考别的部门。我想我有高中毕业证，可以通过考试应聘轻松一点的职位。

那时候，我的思想非常老旧，虽然心里有了中意的男孩，却始终不敢有非分之举。辞职后我没了住所，只得偷偷住在另一个老乡的宿舍里。那宿舍还有来自户县的一对姐妹，她们帮我腾出了一个床位。宿舍里的员工来自五湖四海，大家对我都很友好。那一百多天里，我每天都在宿舍里复习高中知识，每天都提心吊胆，时刻担心宿舍管理员来查房。或许是母亲在另一个世界时时保佑我，我的运气总是非常好，在宿舍里平安度过了一九九六年的春节，并在四月如愿通过应聘考试。

最终我被分到了生产部一楼的 MD 制造部门电子组，这里自由多了，有专门的制造绕线机，部门内设有电子设计组、机械加工组、机械装配组。部门的主管、组长都比较和气，大家都亲切地喊组长"秀姐"。十几个女孩围着两张大大的工作台，有的负责焊接线路板，有的负责给机器接线。线路图并不难懂，有组长和工程师在旁指导。工作有老员工带，没过多久我便学会了看线路图和给机器接线。部门里值得回味的趣事也特别多。有一次，一位机床师傅正在吃早餐，见主管走了过来，情急之下立即把半桶泡面端到厕所门口，当时他顾不得厕所里有人，直接把泡面从门上倒了下去，蹲在厕所里的人立时被泡面浇成落汤鸡。之后这件事在车间迅速传开，很长时间都是大家的笑料。

那时候只有饭堂和职员宿舍的楼下才有电视看，每天都围满了人。记得在一九九七年香港回归的前一天晚上，宿舍楼下的电视机前全是人。大家都期待着看这神圣的交接仪式。七月一日零时零分，交接仪式开始进行，观看的每个人都无比兴奋。那雷鸣般的掌声和令人激动的场面令我至今难忘。

几年后，我们部门搬至八座一楼，香港主管也换了人，高层的人事变动对我们这些做事的人来说并没有什么影响，我们只需安安分分做好自己的工作。部门里有好几个陕西老乡，我们常常用家乡话交谈，感觉特别亲切。

那年夏天，小洁辞职回老家了，我仍留在深圳。十月，我和梅州男孩回周至老家结婚，小洁和其他好友去喝了我们的喜酒。第二年儿子出生，公婆从梅州老家过来帮我们带孙子，从此我对生活便有了新的盼头。

三

儿子满周岁时，我参加了自学考试。我喜欢文学，便读了中山大学的汉语言文学专业。高考的失败让我吃尽苦头痛定思痛，但我的梦想仍在。我跟很多二十世纪七十年代出生的人一样，都曾经与大学擦肩而过，我每每想起总感觉遗憾。到了德昌厂后，公司里等级分明的氛围总让我感觉低人一等，上大学的愿望一天比一天强烈。报了自考后，我业余生活的重心便放在了学习上。那时没有网络，报名得亲自去沙井汽车站旁边的自考点。

那几年里，我把别人逛街、喝咖啡的时间都用在学习上，每天晚上去公司的图书室里刻苦学习，周末也泡在图书室里。没有手机，没有参考书，全凭自己的决心与毅力潜心钻研，日子过得简单而充实。

当得知已通过第一门课程的考试时我兴奋不已，特地买了一袋零食庆祝。那是一个黄昏，晚霞挂在天边，微风习习，仿佛每一粒尘埃都散发着香味。后来考生可以在电话亭报名，记得当时报考的人特别多，我总是耐心排队等候，那是我一生中最值得怀念的时刻，因为它充满希望。我自觉能力有限，每次都只报两门，不敢贪多。一直以来我很少走出沙井，对宝安城区很不熟悉，每次坐大巴去考试都会走很多弯路，总觉得是在长征一样。考试那天我早早起来去赶车，心里格外紧张，生怕找不到学校而错过考试。

每到一所学校参加考试，我都会看到一大批和我一样怀揣梦想的外来工，每次看到我都有一种莫名的失落。考生一年比一年多，当我站在人群里，感觉自己是那么渺小，如蝼蚁般平凡，仿佛随时会被这汹涌的人潮淹没。《普通逻辑》是我最后通过考试的一门课程，第一次没通过，第二次我等了整整一年，那一年我把全部精力都放在备考上。我至今仍保留着当时留下的两大本密密麻麻的笔记，我得留给儿子看，让他记住我当年为追求梦想一步步向上攀登的艰辛历程。

自考的过程如一场马拉松赛，能走到终点的人须耐得住寂寞。二〇〇六年，我终于拿到了中山大学的毕业证书，这段自考的经历是我一生中最为宝贵的财富。拿到文凭后的第二年，我又报了教师资格考试，并在深圳大学报考教育学、心理学和普通话的考试。那几个月里，我每个周末都去深大上课，每次去得都很早，我喜欢坐在第一排，离老师近，每一堂课我都听得格外认真。课后，我常常漫步在深大的校园里，仰望湛蓝的天空，心动如少女。

当然，工作我也不能落下。那时我已担任文职，每天召集组员开会，跟进相关项目，较为清闲，是我初进德昌时最想要的工作。但随着阅历的增长，我有了离开德昌的念头，先生对于我的想法持保留态度，他说离开德昌未必会更好。我一向都比较尊重他的意见，那些日子里，我内心很纠结，在是去是留的问题上，我曾一度倍感忧虑难定。

终于在二○○八年四月，我决定离开工作了十二年的德昌电机厂。我必须遵从自己的内心。但临近交辞职书时，我又犹豫了，一方面我实在不想在公司里混日子，另一方面我想若公司主动解聘我，我可以拿到一笔丰厚的赔偿金。工友们都劝我等公司解聘，但最后我还是选择主动离开。我觉得自己的人生不能被赔偿金给绑住。

四

离开德昌后的第一年是我人生中的一段空档期，每天我除了买菜做饭，便无所事事。后来，我在（网络）空间里写了几篇诗文，那些文字现在看上去非常稚嫩，但每一篇文章都凝聚着我当时的心血。那一年里，我的写作欲望喷薄欲出，我想记录下自己多年来的心路历程，时时想着自己已经三十出头了，应该给自己一个合适的定位，做自己喜欢的事情。

当拿到来之不易的教师资格证时，我无比兴奋，但当时教师的春季报名时段已过，学校里的教师队伍都已稳定，一时间我找不到合适的学校。先生说："别在一棵树上吊死，找不到学校就进工厂。"但我不甘心，我相信我可以找到自己喜欢的工作，过上自己想要的生活。

二〇〇九年七月初，我参加完华南的教师招聘会，便带着儿子回到我久别的故乡。那次是我离开家乡十年后第一次回家，村子里的儿童看到我已"相见不相识"。我不知自己在华南的应聘结果如何，心中一直很忐忑。七月九日，我接到了陈庆衍校长千里之外的电话，陈校长在电话里告知我被录取了，那一刻，我搂着儿子流下幸福的泪水。

八月二十四日，我返回深圳前往华南报到，儿子也随我到华南就读。学校离家较远，我和儿子便住在学校的宿舍里。开学前一天，我把教室打扫得干干净净、桌椅摆放得整整齐齐。一天下来，很累，内心却无比愉悦。从车间来到讲台，突然终日面对一群孩子，对工作很不熟悉。幸好，和我搭班的胡梅林老师给了我许多帮助。

华南每学年都要举行两场"爱生如子先进事迹报告会"和"优秀班主任经验交流会"，集团全员都要参加。记得我第一次参加"爱生如子先进事迹报告会"时，听到老师们精彩的演讲，我特别振奋，并暗下决心，一定要向优秀老师认真学习，真正做到"爱生如子"。

二〇一一年的一天，我在报纸上看到一位农村妇女十五年坚持写日记，并最终出了一本诗集，当时对我触动很大。我想起自己之前也曾断断续续写过日记，却未能坚持下来，顿时感觉好多时光都荒芜了，好多往事都遗忘了，我得重新拿起笔，每天都记下生活的点点滴滴，记下南方的草木和尘埃。

如今，我在华南从教已十年有余。我深深地爱着我的职业，爱着校园里的每一个日子。十多年来，我每天七点之前进入教室，我要见到孩子们这一天的第一张笑脸，我要把在清晨的第一个微笑送给孩子们。毫不夸张地说，我从来没有双休日，每个周末我都要安排至少一天的时间备课，早出晚归已成为习惯。

转眼便到了二〇一七年，那是我最难忘的一年。那一年我教初三，儿子在读高三。高考前儿子却生病住院了，我每天在家、学校、医院之间来回穿梭，身心疲惫。儿子在病中需要陪伴和关心，面临中考的学生们更是离不开我。那段日子我几乎崩溃，有一种前所未有的心累，心头像压了一块巨石，让我感到窒息。在儿子住院的二十多天里，我没少上一节课，从医院回到家时无论多晚，第二天我依然准时到教室。

无论工作多忙，我都不曾放下手中的笔，每天我都坚持写日记。火车上，飞机上，甚至在医院里，日记本都是我的随身物品。记得有一次我患阑尾炎住院，手术后的前两天伤口疼得厉害，我只能平躺在床上，实在无法写日记。几天后能坐起来时，我便叫先生把日记本带到医院，但他说什么也不肯，甚至还为此训我。在我的再三恳求下，心软的儿子帮我把日记本拿来了，我不想因生病而留下生活的空白页。虽然那几天在病床上写字很不方便，也不能坐太久，每天的日记要分几次来写，但我依然每天坚持完成。到现在，我已写满厚厚的二十几本日记。

坚持是一种生活态度，坚持会让人变得更加坚强。每次在飞机上写日记都是在我离开故乡时，每当看着窗外慢慢变小的故乡景物，我的泪水就会打湿稿纸。那种离别的愁绪总会陪伴我很久，直到我再次回到故乡。二〇一八年，我的处女作《故乡云》出版，多年的心愿终于实现，我无比喜悦。

一晃二十多年过去了，我从陕西来到深圳，从流水线走上讲台，从少女变成中年母亲。回顾自己走过的路，我内心宁静而踏实。人只有经历了风雨，才会变得豁达与从容。在寻梦路上，我不会停下追逐的脚步，我愿做一朵向阳花，绽放在生命中的每个季节。

狗年忙成狗

岁月像一列火车，转眼就到了二〇一八年。这一年，我生命中的许多经历带给了我与之前不同的感悟，如沉淀在河床的水草，不时散发着淡淡的清香。

于我而言，二〇一八年是特别的一年，我如愿出版了自己的处女作——《故乡云》，此外，一些与文学无关的事儿也让我记忆深刻，比如五月份我参加了"宝安区第四学区第七届优秀班主任专业能力大赛"活动。

记得四月二十七日上午我在上最后一节课时，德育处的丁主任通知我参赛，我考虑再三，最终决定接受这一光荣任务。当时我有一种前所未有的紧迫感，心想既然要去，就得全力以赴。办公室的韦老师立即把她的《教育综合基础知识》借给我看，简直是雪中送炭。

　　"五一"假期里，我埋头看书、找资料、看视频，一刻都不敢浪费，满脑子都是"成长故事""主题班会设计""情景答辩"三大环节。我重温了李镇西老师的《做最好的班主任》《我的教育心》两部著作。经再三考虑，五分钟的"成长故事"题目我最终确定为《爱与责任同在》。那期间别人都在朋友圈里晒旅行照、聚会照，我并不羡慕，心想游山玩水的时间总会有，唯一觉得对不起儿子，难得回来一次，我却要忙自己的事情。

　　五月二日下午，我和小学语文组的郭老师去荣根学校参加笔试。望着郭老师那密密麻麻的笔记，我心中涌起一番敬重与感动。"五一"假期里，郭老师也在全力备赛，为了集体的荣誉，我们都在竭尽全力。无论什么事情，努力了未必成功，但不努力，就根本没有成功的可能。

　　接下来的日子，我全力以赴地为九号的面试做准备。那是最考验人的一周，一连五个晚上学校里都有事，周日例会、周一阅卷、周二集备、周三比赛、周四家长会，哪一件事都很重要，时间紧得要拧成绳了。在那个节骨眼上，《故乡云》书稿返回，我需做最后的校对。那段日子我一个头两个大，时间严重不够用，几乎要崩溃。一个比赛已使我忙得晕头转向，又要召开家长会，两者得同时准备，恨不得自己有分身术。

　　周末我一边准备家长会的发言稿，一边看主题班会的视频。我精心准备好了"成长故事"环节的内容，另外两个版块我坚持看大量视频，时长两个小时的视频我看了好几遍，就连洗碗时我都把手机放在旁边，边听边洗。比赛的前一天我去理发店洗头，又去把眼镜的度数矫正了，做好一切准备，尽自己最大的努力完成任务，用心做事我心里才踏实。

终于到了比赛那天。那天早上下着雨，我准时到达考场。在候考室内备考时，每个人提前十五分钟抽取材料，然后争分夺秒开始准备。第一环节的"成长故事"，我刚上台时比较紧张，但全程都镇定从容地把准备的内容讲出来了；第二环节的"主题班会设计"比我想象得要好些，只不过感觉流程讲得稍微简单了点；第三环节的"情景答辩"，我感觉发挥得比较好，我挺满意。近十二点半面试才结束，我心里的石头终于落地了，安心去吃午餐。

这次活动让我深深明白，这世上无论你有多努力，总有人比你更努力。生命的意义就在于努力的过程，当事情扎堆在一起时，只要分清主次认真对待，都能出色完成。人生处处是考场，经历是一笔财富，我们要以平常心看待结果。

在二〇一八年，我第一次去拍了艺术照，是为《故乡云》的作者简介准备的。这些年我拍的照片有上千张，却没有一张是真正满意的。七月底，我拿到了期盼已久的《故乡云》一书，激动之情难以言表。暑假里，我回梅州看望年近90的阿爸，阿爸用放大镜仔细阅读我的文字，那一幕让我很感动。九月，我再次踏上带初三班级的征程，忙碌的工作把时间填得满满的。十月，我参加了成人高考，为了这次考试，我把《大学语文》和《政治》这两本书分别看了三遍，最终顺利通过考试，被湖南师范大学录取。

八月至十二月，我忙里偷闲写了三十几首小诗，几乎创造了个人历史记录，之前十年才写了二十首诗。我所写的诗虽登不上大雅之堂，但都是对生命的感悟。我愿把诗歌融进生活，将生活诗化，并一直期待自己写出更多的诗篇。

我的生日恰逢冬至，但在二〇一八年我生日那天天气却格外热，仿佛是夏天。那天我收到友人寄来的音乐盒以及许多份祝福，我心里暖暖的。母亲已离开二十多年了，我生日那天再也吃不到母亲做的荷包蛋，但是每年我都会收到许多份祝福，每一份祝福都久久温暖着我的心怀。二〇一八年我生日那天难得是个周末，下午我去了荷兰花卉小镇，那儿有一种异域风情，各种花儿摆在店前，有鲜花，有干花，一团团，一束束，在爱花人的眼里所有的花都有生命。

二〇一八年，正值我和先生结婚二十周年。那年没有拍结婚纪念照是一大遗憾，不过先生是一个不拘小节的人，对于纪念仪式并不讲究，他说自己的日子不是过给别人看的。话虽在理，但我还是有些遗憾，也许女人生来就比较注重仪式感。

二〇一八年，是我人生路上重要的里程碑。未来的日子，我会继续潜心写作，在文字中寻找初心，努力活出自己想要的模样。

秋　获

二〇一九年，我在工作上并无惊天动地的业绩，只是送走了二〇一九届毕业生，迎来二〇二〇届初三学子。

关于写作，我已在自己的小世界里默默坚持了十多年，直到二〇一九年，我才真正接触宝安作家群体。这一年，我共写了二十首诗，发表散文九篇，获奖三篇，和文坛大咖比起来，我的写作量、发表量都少得可怜，但对于我来说，这是丰收的一年。

二〇一九年，我参加了宝安合众文艺社举办的"我在宝安，青春书写"的读与写非虚构写作培训，授课老师都是著名作家。我非常珍惜上课机会，每次课我都挤出时间积极参加，听完感到获益良多。在郭海鸿老师的鼓励和指导下，我把搁置的几篇"烂尾楼"都一一收篇了，这让我很有成就感。

这一年，我还先后加入了宝安区作协和深圳市作协，这对我来说是一种鼓励。这一年我在写作方面的收获盘点如下：

发表情况：《山里媳妇》《从流水线走向讲台》发表在《宝安日报》，《故乡的眷恋》发表在《鳌山厓水》（期刊），《秦腔，瓷实了如水的岁月》被收录于初中语文素养读本《风与花的手稿》，《从流水线走向讲台》在"深圳睦邻文学奖"大赛中进入决赛。

获奖情况：《幸福家园》获"蚝乡粤文杯"入围奖、《记忆中的年味》获"大墨堂杯"三等奖、《乡恋》获"庆祝新中国成立70周年喜看周至新变化"大赛的三等奖。

在家乡的公众号平台"周至文苑"的发表情况：《故乡的眷恋》《怀念秦腔》《老屋》《端午随笔》《故乡的秋》五篇散文；《故乡组诗》《山中组诗》《借我一方天空》三组诗歌。

今年发表的作品，新旧作参半。耕耘十余年，收获在今朝，如一粒种子在地下孕育了十年才破土而出，生根发芽，开花结果。于我而言，无论刊物大小，每发表一篇文章我都感到无比欣喜。孙勇老师在读了我的《故乡云》之后当晚就写了短评并对我进行指导，让我这个初涉文坛的新人受宠若惊；罗德远老师读了我的散文后也写信鼓励我，给了我极大的信心。

二〇一九年，我走过了不少地方，看过了不少风景，遇见了形形色色的人，这一切都丰富了我的生活。中考结束后，我和初三年级的几位同事开启了桂林之旅。传说中的龙脊梯田让我一饱眼福，漓江奇峰秀水的柔情更捕获了我的心，钻进银子岩溶洞时，我被大自然的鬼斧神工深深震撼，阳朔遇龙河漂流让我尽情体验了一回"筏行碧波上，人在画中游"的乐趣。

二〇一九年，我再次踏上故乡的热土，见到了久别的亲人和老友，亲人安好，乡土如故。难忘美丽的千亩荷塘风景，难忘老友相聚之刻的欢乐时光。

二〇一九年，我去心心念念已久的青海湖走了一趟。辽阔的草原、成群的牛羊、成片的油菜花、碧蓝的青海湖、美丽的茶卡盐湖……那些接近天堂的地方，在我的心底美成一幅画，那是我梦中的诗和远方。行万里路，如读万卷书，所有的遇见，或人或物，都是生命中珍贵的缘分。

二〇一九年，我把王国华老师的《街巷志》读了两遍，我敬佩作者独特的视野，希望能有更多读者走进《街巷志》。从宫敏捷老师的《写作，找到表达自己的方式》中，我接触到了法国作家福克纳的作品，《八月之光》我读得非常吃力，一度让我怀疑自己的阅读能力，当时读了一半便放下了，又读其另一部作品《我弥留之际》，读毕才开始对意识流写法有了粗浅认识。生命有尽头，文学之路却没有终点，生活平淡无味，文学却能让日子活色生香。

此外，这一年我怀着敬畏之心读了哥伦比亚著名作家马尔克斯的长篇小说——《百年孤独》，又在 369 公众号上听了一遍。这是一部具有魔幻现实主义手法的代表作。小说描写的是布恩迪亚家族七代人的传奇故事以及加勒比海沿岸小镇马孔多的百年兴衰。这部伟大的作品，是世界文学史上的一座丰碑，聂梅老师的朗读声情并茂。在聆听的过程中我对错综复杂的人物关系进行了两次梳理，有时一集我会听好几遍，直至理清故事脉络。我叹服主人公乌尔苏拉的无比顽强。布恩迪亚家族成员迷乱的情感世界让人难以想象。一个多月的时间里，我沉浸在充满魔幻色彩的故事情节中，沉浸在马孔多那条土耳其大街上的百年风物里。时常汲取名著的精华，能为平淡生活涂抹一层亮色。

二〇一九年，我也有过生命中一段灰暗的时光。儿子在青海产生了高原反应，我得知后匆匆从陕西老家赶回深圳，内心悲伤逆流成河，亲友的关心带给我无穷的力量。

二〇一九年，我的演讲稿《用心播撒爱的种子》被搬上舞台，此前我从来没有想过自己的事迹会被演绎成舞台剧。仅仅十分钟的情景剧，浸透了台前幕后所有工作人员太多的心血，录音、剪辑、视频、排练，反复打磨，不断完善，终于得以成功演出。台上一分钟，台下十年功，老师们精益求精的精神令我敬佩。可以借此想象拍摄一部电影何其不易，任何事情的成功，都需付出巨大努力。

整个二〇一九年，比我想象的要忙得多。这一年里，我曾在一周内完成三篇学校推文，每次都要熬夜加班在短时间内完稿，每次赶稿对我都是一种挑战。冬至那天恰逢周末，我在电脑前整整坐了一天，全力以赴赶稿《放飞艺术梦想，演绎幸福人生》。都说"冬至大如年"，我多想下楼去晒晒太阳，多想包一顿饺子啊，然而我不能，领导的一句"辛苦你了"，让我忘记了所有的劳累。

　　生活不尽完美，用文字装点心情，在与文字的不断磨合中，时常会撞出美丽火花。无论外界多么浮华喧嚣，于我而言唯有静下来潜心写作，内心才会真正富足。大人物有大人物的圈子，小人物有小人物的世界，不必羡慕谁，不必逢迎谁，时间都是挤出来的，与其抱怨人生苦短，不如与时间赛跑，每一天做好自己想做的事。

总有微光闪亮

二〇二〇年对于每个人来说都不平凡，都有一段沉重记忆。

这一年，谁也绕不开疫情的魔，谁都得小心翼翼地生活。我的二〇二〇年，有些日子很苍白，但偶尔，也有微光闪亮。

把时间留给自己

二〇二〇年的寒假特殊而漫长，在居家的日子里，有的人在厨房里忙活，有的人整天守着电视，有的人趁假期给自己充电，无论怎么打发时间，都是一种生活方式。

回首我这段居家日子，我感到无比踏实而欣慰。对我而言，辜负时光是一种罪过，我把每天的时间安排得满满当当，读书、听书、写文、练字，每天都让自己忙起来。《唐诗宋词元曲》厚厚的六部系列书已购买放置两年了，一直没有时间静下心来认真读，趁在假期我从第一部重新读起。每日所有零碎的时间我都用来听书，从早到晚，即便是在拖地、洗碗、浇花，我的耳朵也从未闲过，练字时听书，写文时听音乐。一直以来，我养成了不动笔墨不读书的习惯，每读一本书，一定会勾画书中的精彩句段。读《唐诗宋词元曲》时，我先把每首诗都朗诵一遍，再品味该诗的鉴赏部分，生僻字的读音、含义都逐一查字典或求助百度，并在书上做详细笔记。

人总是有惰性的，钻研学问之余我也断断续续追了几部电视剧。春节期间先生每天的任务是搞好家里的后勤工作，准备一日三餐，除此之外，看电视成了他宅家生活的主要活动，他先后看了《最美青春》《知青》《都挺好》《王贵与安娜》《正阳门下小女人》《初婚》《激情的岁月》《永远的战友》《伟大的转折》等电视剧，以红色主题居多，且都有一定的年代感。在我看来，追剧是一件奢侈的事。电视有毒，沾了会上瘾，每当我去客厅打水，看到电视剧中精彩的情节，就不禁坐下来看几分钟，有时看一两集，对故事情节了解得粗枝大叶。有一天，我干脆坐下来把《都挺好》从头到尾看完了。每一部剧都有其自身价值，不仅把观众带入其时代背景中，更能引起观众心灵上的共鸣，给人以深刻启迪。

几个月的时间里，我读了《唐诗宋词元曲》，听了《中华上下五千年》，重温了中华的五千年历史，填补了匮乏的历史知识。华夏大地几千年来烽火狼烟风云变幻的历史，如一幅长长的画卷呈现在我眼前，历代王朝的兴衰更替令人扼腕叹息感慨万千。

把时间留给自己，或沉浸于诗词曲赋，或在世界五千年的历史长河中畅游，内心感到无比丰盈。

疫情防控期间，我下了几次厨房，蒸凉皮、摊煎饼、做麻食……变着花样制作美食，深感做饭是调节生活的极佳方式。自从开始上网课，老师、家长、学生都不容易，我比从前更忙，时常在电脑前坐一整天，用心批改完当日学生的作业心里才踏实。

时间对每个人是公平的，谁合理利用时间，时间就一定会善待他。凡读过的书、走过的路，都一定会在生命中留下印迹。一切的苦难都是暂时的，春来花自开，无论面对何种境遇，我们都要不悲观、不抱怨，静下心来打理好每一个充满希望的日子。

一个人的时候，我从不会感到孤单，也没有时间感受孤单。把时间留给自己，看书、写文、和家人说说话、为家人做一顿饭、给远方的亲人打个电话……无论外界多么喧嚣，无论网络多么精彩，我都会专注于心，把时间留给自己，勤于耕耘，让生命四季瓜果飘香。

收获

这一年，我写了十九篇散文与四首诗。由我的五篇小散文组成的长文《我们在疫中》发表在《宝安日报》，散文《消

逝的故园 》发表在《伶仃洋 》杂志。我的每一篇文章几乎都"难产",从构思到完成,中间过程都倾注了我大量心血,但我乐在其中。

二〇二〇年,我荣获了两个重要奖项:《从流水线走向讲台 》荣获第四届全国打工文学大赛铜奖,《被房号串起的日子 》荣获深圳"睦邻文学奖"年度十佳作品。这对于之前一直没有勇气投稿的我来说简直是两大奇迹,这或许是我写作生涯的最高峰。感谢这么多年来一直坚持梦想的自己,也感谢广大读者的鼓励,终于等到了在文学路上辗转跋涉的我,时光正好,我们相遇。

坚持写作十年,在二〇一八年我才开始发表作品。到今天为止,我在写作方面拥有的获奖证书有七个,虽不是什么大奖,但于我而言收获颇丰。记得第一次荣获"蚝乡·粤文杯"诗文大赛"入围奖"时,我兴奋了好些天,颁奖典礼的前一天我从桂林赶回来,第二天特意化了个淡妆,像是去参加重要的聚会。在家乡获奖时,我因不能回去参加颁奖典礼,感到无比惋惜。今年获得第四届全国打工文学大赛铜奖,我欣喜不已。向领导请假时,我说那是我获得过的最大的奖,我一定要去参加颁奖活动。

当得知自己获得"睦邻文学奖"之年度十佳作品时,我激动得哭了。有人说,"睦邻文学奖"是深圳的"诺贝尔奖",我心想,这或许是我今生获得的最大的奖项,是属于我的"茅盾文学奖"。我是一个没有野心的人,获此殊荣是对我写作十年最大的肯定。

　　我怀着无比兴奋的心情去参加颁奖典礼那天，正值深圳读书月书展期间，琳琅满目的书籍让人目不暇接。任何时候在书籍面前，我都感到自己渺小如尘埃。我坐在台下，认真聆听每位领导的发言。当听到主持人一个个采访获奖者时，我默默在心中酝酿获奖感言，希望能确切表达自己的感受。没想到主持人从二十本日记问起，酝酿好的感言全派不上用场，感觉自己的回答不及想象中完美。不过还好，身为理工男的先生比我发挥得好，"睦邻文学奖"由亲友颁发，带给每一位作者满满的幸福感。

　　感恩"睦邻文学"，给了我一个终生难忘的舞台。默默坚持笔耕十余载，能得到评委老师们的肯定，是我无上的荣光。感谢文学赋予我力量，救赎我的灵魂，让我的生命焕发活力。

　　二〇二〇年，我被评为"深圳市优秀教师"，获此殊荣，我无比欣喜。从流水线走向讲台，杏坛耕耘十余载，如果说《故乡云》是对我十年写作生活的总结，这份荣誉则是对我多年来辛勤工作最大的肯定。十年来，我在工作中获得的大大小小荣誉证书有二十二个，其中校级证书九个、集团证书八个、区里证书四个、市里证书一个。

　　一本本红艳艳的证书，浸透着我的欢笑和泪水，每一份荣誉都见证了我的努力与付出。教师节那天，少先队员为我献花的那一刻，我感动得泪花闪闪，久久沉浸在幸福之中。好大的一束花，凝聚了领导的鼓励，凝聚了我十年如一日的努力。

感恩华南的培育，使我不断成长。如今，我依然耕耘在初三的教坛，三尺讲台是我梦想起航的地方，未来的每一天，我将继续一步一个脚印，踏踏实实，不忘初心。

一学年下来，我完成学校推文共十九篇。推文不比散文，散文有足够的时间推敲字句，推文讲求时效性，要在活动结束的当天或后一天完成，我时常为了赶稿而牺牲周末时间。写文章是一件烧脑的事情，用心完成一篇文章需要耗费很大精力，走过一个又一个艰难时期，总算硬着头皮撑过来了。人生的每一天都充满挑战，贵在心中有坚定的信念，没有过不去的坎儿，再黑的夜都会迎来黎明。

走过寒冬，春暖花开。

温馨小窝

学校给我分了间宿舍，房号为"520"，十分喜庆的数字。我拿到钥匙的那一刻，便在心中盘算如何布置属于自己的窝。

房门口是宽敞的空中平台，一块块菜地使平台充满生机。青菜、萝卜、豆角，长势喜人。

开学前，我抽了两个下午的时间把房间彻底清理了一遍，墙面抹了一遍又一遍，又请师傅先后粉刷两次，房内瞬间敞亮许多，心也跟着亮堂起来。我去西部义乌买了地板胶，先生请了半天假自己动手铺。刷墙、铺地结束后，房间焕然一新，之后我们抽了一个周末去福永家私城看家具。那天是雨天，车窗外的树木在雨水的敲打下格外清新。我平日很少逛街，去了家私城才真正感受到疫情的冲击力有多大，偌大的家私城冷冷清清，放眼望去全是店员，顾客少得可怜。我先后去了三家店，情况都差不多，我心头有一种莫名的沉重感。疫情之下，多少人因失业被迫离开深圳，而自己还拥有着一份相对稳定的工作，这是幸福的，我应该珍惜。

货比三家后，我分别在两家店买了床、书桌、休闲桌、三把椅子，每一件家具都比较称我心。休闲桌椅按约定时间准时送来了，送货的是两个年轻小伙，做事手脚麻利，很快就把椅子安装好了，只是一把椅子少了一个脚柱，店里及时寄来，并询问购物满意度，让人暖心。

另一家就没那么乐观，约好周末送货，那天我们从早等到晚，送货员却告知说第二天送货，第二天厂家又发错了货，把一米五的床发成了一米八的床，而床垫又是按一米五的床配的，真让人哭笑不得。店主征求我的意见，反正房内空间大，我便同意接受一米八的大床，店主主动提出把床垫也换成一米八的。我想工作中有疏忽在所难免，我主动向店主提出加价，谁知他们也是性情中人，反而因送错货而向我道歉。另外，买的衣帽架在送货那天也只有半截到货，床垫又推迟一周才送货，要说那家店的服务质量，确实有些欠缺。按理说我可以投诉他们，但我没有，我想着出门在外，有一份工作不容易，工作中有疏忽不可避免，人与人之间多一分理解与宽容，世界会变得更加和谐，而宽以待人，也愉悦自己。

我的空间我做主，家具备齐之后，我便开始精心布置自己的窝。我在义乌买了床头柜、收纳盒，一会儿订窗帘，一会儿买蚊帐，忙得不亦乐乎。淡绿色的帘子上点缀着白色小花，清新怡人。此外我还买了一套茶具，网购了活动衣架、穿衣镜、鞋架、花架、九盆绿萝。当我打开绿植包裹时，感觉自己是买了一次教训，绿萝叶子上满是泥沙粒，我一盆一盆清洗了好几遍才基本清理干净。最后我买了两盆虎尾兰吸附甲醛，原先空荡荡的房间，瞬间被填满。

尽管工作忙碌，我也每天都给房间通风，任何时候健康都是第一位的。十月中旬，我请师傅安装了不锈钢网的门窗，防止蚊子侵入。十月底，我便开始了我的住校生活。后来又添了一套简单的灶具，偶尔煮碗可口的面条吃，便是我这个老陕最大的幸福。

如今，"520"成了我暂时的家，成了我温馨的窝，我住得非常舒心。我喜欢这简简单单、清清爽爽的一方空间，或阅读写作，或听书品茶，身心彻底得以放松。冬天的阳光格外暖和，轻轻洒在门内，房间的每一处空间都充满了阳光的味道，我很享受一个人独处的美妙时光。

每到周末，我只身回家，再回校时总提着大包小包。先生总为我买许多吃食，其中有我爱吃的石榴、板栗，还有玉米、红薯、面条、香菜等，凡是我爱吃的，他都会为我准备好。一向不懂情调的他，有一天却对我说了句暖心窝的情话——"我把你当女儿养，不能让你饿着"。每个周日的下午，我都会把房间彻底清理一次，把绿植全部搬到外面晒太阳，让它们接受阳光的沐浴。

深圳的生活节奏比较快，能为自己营造一方温馨的空间安放身心，是莫大的幸福。普通的一间房虽然比不上阔大的别墅，但我很满足，只要心胸开阔，懂得宽容他人的过失，心灵的空间便是广阔无边的。

感恩亲情

二〇二〇年，是我工作以来最为忙碌的一年。上半年很特殊，四月底才开学，距中考不到百天，全体师生为迎战中考而不懈努力。中考时间延期至七月，之后我值班到七月底，暑假被严重压缩。确切地说，二〇二〇年的暑假我只休息了五天。放假前我接到临时任务，集团要编辑古诗文，因此在家休假期间我也每天忙于编辑资料，没有时间买菜做饭。只有回梅州的那几天我才完全放下工作，在山里休闲了几日，是难得清心的时光。

自八月中旬开始，我便投入紧张的工作中，还没正式开学就已经忙得晕头转向。第一次担任初三落级行政工作的重任，心里的担子有千斤重，初三年级有许多事情要操心，另加两个班的教学任务，还要写学校推文，我常常忙得喘不过气，周末只是换了地方，在家工作。开学初事情特别多，学生动员会、家长会、区摸底考试及深圳市新中考适应性统考，我们教师如一支精良的队伍，接受着一次次检阅，与学生风雨同舟。每一天我都在挑战中度过，忙碌的日子连轴转。

期中考试质量分析的前一天，为了提前装订好质量分析册，晚上九点多钟我去办公室的柜子里拿重型订书机，不小心把钥匙弄掉了，我弯腰捡拾，起身时头撞在了铁柜门上，当时给我撞蒙了，呆站半天才反应过来，伸手去摸头部，竟有血迹。我虽感到头皮发麻，但想着并无大碍，就继续装订质量分析册。后来，我的头一直隐隐作痛，眼泪也止不住地往下流。自己平时忙也就算了，累也就罢了，竟然还受伤了，想想真是心酸。十点我回到宿舍，忍不住给家里打电话，儿子毫不犹豫地要接我去医院，不容我推辞。

去医院的路上，先生打电话叮嘱儿子慢些开车，我心中难过又感动。难过的是儿子第二天还要参加一场面试，自己却打扰儿子；感动的是自己仅仅受了点皮外伤，他们父子俩却紧张得不得了，都万分关心我。幸好并无大碍。儿子心疼地说："妈，你看你憔悴成什么样子了，我不想你干那么多工作，我希望你少做点事，少挣点钱，不要那么累。"我听后心里一阵难受。我何尝不想少做些事，可人在职场，身不由己，人在其位，须尽其责。回到家时已过凌晨十二点，儿子再三劝我第二天休息，但第二天早上我依然准时到教室。我不是工作狂，也谈不上为工作拼命，只因心中那份沉甸甸的责任。

这些年，我在工作和写作中所取得的点滴成绩，都离不开家人的鼓励。无论是出版《故乡云》还是平时参加文学活动，他们父子都给予我极大的支持。有一年夏天我去龙华参加文学活动，儿子开车送我，因刚吃完午饭，我睡了一路。后来儿子说："我一想到我妈睡着了，就开得很慢。"儿子的体贴让我倍感欣慰。上半年，儿子不用去学校，便承担起每天送接我的任务，一直风雨无阻。我深感在这个世界上，亲情是生命的动力源。

  二〇二〇年，我也收到了来自家乡的各种水果，有樱桃、李子、猕猴桃、青枣、柿子、石榴等。还有一位与我素未谋面的朋友，说读了我的《故乡云》，非常感动，要给我寄苹果，我婉拒了这位读者朋友的美意，我怕自己承受不起那份厚意。每次收到来自家乡的水果，我都感动许久。爱我的人一直都在。

湘西行

出发前

这是一场说走就走的旅行。七月十八日，微课培训的最后一天，我在途牛上下了单，二十一日出发，跟团，去湘西，仅有两天准备时间。

自那年跟团去桂林旅游后，我就喜欢上了跟团出行，省去了做攻略的麻烦，吃住方面也不用自己操心。出门旅行，要准备的东西很多，功课做足了心里才踏实。有位同事刚从湘西回来，给了我许多建议，让我的准备工作更加全面。我把需要带的东西列了清单，把充电宝、充电线、雨伞、创可贴、口罩、洗漱用品都提前备齐并收拾好放入行李箱内。

人们常说，女人的衣柜里永远少一件衣服。的确，我的衣柜里挂满了衣服，可每次要出门时又总感到衣服不够穿，尤其是即将旅行时，仿佛不添身衣服就少了点什么。我一个人在天虹逛了大半天，最后买了条牛仔裤和一件短袖上衣。这不是我平时的穿衣风格，往镜子前一站，感觉自己像变了个人。我给先生也买了套衣服，他这人太犟，要他主动添身衣服比登天还难，每次我都得先斩后奏。

出了天虹，我才发现刚才试戴在头上的"热风"店里的发夹忘了付款，晚上去给先生改裤脚时顺便去付了款。原来，一套发卡有三个，我又拿回另外两个，当时感觉自己赚到了，一路上觉得海风都是甜的。"吃亏是福"，老祖宗留下的话真是至理名言。

晚上九点，先生提醒我检查身份证，我这才发现身份证忘在学校宿舍了，便赶紧去学校拿，好在并不远，来回不到四十分钟，回来后继续收拾行李。出门旅行，我从不指望男人收拾东西，那真是靠不住，必须自己一一检查一遍才放心。

从去年至今我就没休过长假，很想出去走走。心里负重到一定程度时，看山看水或许是最好的减压方式。自儿子出生后，这是我和先生二十年来第一次一起旅行，用同事陈老师的话说就是"你们是去度蜜月的"，经她这么一说，我的心便感觉热乎起来，似乎真有种度蜜月的感觉。

这是一次充满期待的旅行，我们的目的地是湘西的张家界、凤凰城，都是我神往多年的地方。

快乐启程

二十一日清晨我起床后，先生便给了我一个大大的拥抱，美好的行程即将开启。

六点半我们准时出发去地铁站，先坐 11 号线再转乘 6 号线，车厢里的人并不多，看着有些冷清，几站过后人与人之间的空隙就越来越小。疫情暴发后，高铁站的安检多了几道手续，进站得先扫几个码，因此我们必须预留足够的时间。九点十三分，高铁准时开动。一路上翻看朋友圈，满目都是关于河南水灾的消息，我在心中默默为灾区人民祈祷。

从深圳北一直到韶关，我们穿越了大半个省，高铁跑了有一个多小时。望着窗外流动的农田、菜园、河流，我感到特别亲切。十二点四十分，我们到达长沙南站。一下车，热浪便迎面扑来。司机师傅已在西广场等候，直接送我们去已订好的钦天大酒店。经过市区时，一座座高楼映入眼帘，我对清新的长沙一见钟情。

岳麓书院

午餐后，我们出发去岳麓书院。滴滴师傅是个热心人，向我们介绍长沙的各种小吃，并给我们隆重推荐"茶颜悦色"的奶茶。快下车时，我说："在深圳，我从没吃过臭豆腐，每次闻到那味儿我就远远走开，这次我要好好尝尝正宗的长沙臭豆腐。"

岳麓书院位于秀丽的岳麓山下，是我国古代著名的四大书院之一，已有一千多年的历史。到了书院，我才发现身份证我给忘在酒店了，感谢工作人员的理解宽容，只让我扫码进入。

进入书院，首先看到一道大门，门上的"岳麓书院"几个字苍劲古朴。大门两旁挂有一副楹联——"惟楚有材，于斯为盛"，意思可理解为：楚地真是出人才的地方，岳麓书院内更是英才汇聚。

跨过这道门，二门两旁也挂了一副对联——"纳于大麓，藏之名山"，门额正面悬有"名山坛席"匾，二门背面悬有"潇湘槐市"匾。接着便到讲堂，讲堂檐前悬有"实事求是"匾，大厅中央悬挂着两块鎏金木匾：一为"学达性天"，二为"道南正脉"。讲堂里有一台子、两把大交椅和一张桌子，讲堂的屏壁正面刻有《岳麓书院记》，记载了书院的千年历史。

讲堂两旁有南北二斋，分别为教学斋和半学斋，均为昔日师生居舍。在教学斋、碑廊、时务轩内均有先人的笔墨，均为历代山长题写，笔力劲健厚重。先生看得特别仔细，一边看一边给我讲解，让我这个文科生都自愧不如。

我们从历史馆了解到朱熹、周敦颐、程颐、王阳明等众多名家都曾在这里传道授业，谭嗣同、梁启超、曾国藩等人也曾相继到岳麓书院求学，毛泽东在青年时期曾数次寓居岳麓书院的半学斋从事革命活动，寻求救国救民之真理。岳麓书院真不愧为才子鸿儒的摇篮。

书院内古意浓浓，亭台楼阁掩映于绿树间，石桥横跨溪上，桥下流水潺潺。这里的每一块石碑、每一枚砖瓦，都闪烁着时光淬炼下的人文光芒。遥想古今贤人能在此求学真是一件幸事。

橘子洲

从岳麓书院到橘子洲中间部分道路被封，司机大哥把我们撂在五一广场，让我们自行徒步前往。从桥上走过，远远望去，橘子洲好像深藏在一片密林里。到了目的地，我们坐上景区游览车，欣赏橘子洲的秀丽风光，途经一片粉色花树，像传说中的桃花林，令我着迷。

下车后，我们沿江边大道走向毛主席青年时期的雕塑，近距离感受伟人在青年时期那风华正茂的气概。毛主席的雕塑周围，鲜花环绕，园艺喷雾洒水器不停喷洒着水，各色花儿看起来更加水灵，游客纷纷举起手机，争着与毛主席像合影。

我们漫步于湘江畔，夕阳的余晖染红了流淌的江水，游船缓慢驶过，不远处林立的高楼像被镀了一层薄金。夜幕降临，华灯初上，湘江惊艳亮相。草坪、树木、楼阁，在夜灯的照耀下五彩斑斓。凭栏临风，山峦与城市、江波与灯火遥相辉映，湘江大桥像一条瑰丽的彩带。我不禁想起毛主席写的脍炙人口的诗篇《沁园春·长沙》中的句子——"看万山红遍，层林尽染；漫江碧透，百舸争流……"

难得遇上如此美景，可惜我的手机掉链子了，明明来前已清空了照片，却总是显示储存已满，这让我很无奈，只好用眼睛看，用心感受。若不是住得远，我真舍不得离开梦幻般的江畔。

回到五一广场时已九点多了，我们还未吃晚餐。先生是南方人，还没尝试正宗的湘菜就望而却步了。我们直接进了一家东北饺子馆，要了刀削面、葱油饼、苦瓜鸡蛋饼，这些都是我喜欢的吃食，我却没吃几口，我得留着肚子吃臭豆腐，喝"茶颜悦色"的奶茶。

那家"黑色经典"臭豆腐店与"茶颜悦色"奶茶店紧挨在一起，两家店都人满为患。我们分头排队。第一次吃这里的臭豆腐，味道和我想象中的不一样，辣得不行，十块钱的臭豆腐，得用一瓶水伴着才能吃完。在"茶颜悦色"奶茶店排队耗时太长，终究未能体验，带着几分遗憾回到酒店。

大峡谷

我们早上起来匆匆洗漱后，每人吃了碗泡面，这是旅程中最简便的吃法。

我们定好七点十分出发，旅游大巴已在酒店门口等候。导游是个90后的小伙子，大家都称呼他为"陈导"。一路上，陈导给大家讲解湘西的风俗及人物，如苗族赶尸的民俗文化、两把菜刀闹革命的贺龙以及湘西的土匪。他说，湘西的美，在沈从文的书里，在宋祖英的歌里，在黄永玉的画里。即将揭开湘西的神秘面纱，我有一股强烈的兴奋劲儿。

车行五个多小时后到达用餐地，来自五湖四海的团友围在一起吃饭却不觉得陌生。每桌有八九个菜，还有馒头、西瓜，大家吃得有滋有味。

午餐过后，一众人马直奔张家界大峡谷。

"张家界"，这个一直在地图上看到的名字，今天终于要与她相见，我内心充满期待。

近两点钟时，我们到达武陵源景区。在陈导的带领下，我们进入景区，先穿过一条回廊，每人套上鞋套，然后来到玻璃桥观景台。玻璃桥横跨在大峡谷的悬崖峭壁之上，两道粗壮的钢缆从观景台上空穿过，直达峡谷对岸。悬崖两侧各有两根粗大的柱子固定钢缆，两峰遥相对峙，雄伟壮观。

站在桥上放眼望去，四周峰峦叠翠，巍峨壮美。俯瞰脚下，峡谷全景尽收眼底，碧水深幽，峭壁嶙峋。桥上的我们，成了别人眼中的风景。游客或悠闲漫步，或亲昵自拍，随性洒脱，不像我总是畏畏缩缩的。桥中央下方竟然还有蹦极台，我想象不出什么胆量的人会去尝试蹦极，反正，无论给我多少钱我也绝不会去寻求这种刺激。

走完玻璃桥，我一直悬着的心终于落地。随后我们去看VR，四人一组，大家戴上VR眼镜，启动按钮后，人如在空中飞翔，全方位地感受张家界的旖旎风光。只见眼前奇峰林立，秀水婀娜，用尽世间词语都难以形容看到的美景。

接下来的活动，我和先生的意见发生分歧。他一再鼓动我挑战滑索，有那么几秒我心动了，但最后还是拒绝了。我担心自己的心脏受不了，出门图的是开心，并不是为了寻求刺激。于是，我选择与同团的一对年轻人溜滑道到彩虹桥。

在溜滑道前，每人需在腰上套一件防护服保护臀部和膝盖，再戴上手套方可滑动。滑起来后并不惊险，就是担心后边的人撞上来，不过大家都能自行控制好速度，体验一下蛮有意思的。

我和先生在谷底的彩虹桥会合，之后排了半个多小时的队才坐上了船。游船缓缓移动，两岸翠色欲流，壁立千仞，神泉飞瀑从天而降。船在溪中游，人在画中行，有了这一刻的悠然畅快，感觉之前的一切等待都值得。

下了游船，我们沿着栈道顺流前行，峡谷间是一条清幽的小溪，沿溪边是用木板搭建的栈道，绵延数里。小溪两岸奇峰绝壁，插入云霄。峡谷时而变窄，时而豁然开朗，被笼罩在薄雾中，此刻仿佛置身于世外桃源般的仙境，令人心旷神怡，宠辱皆忘。

我不禁想起陶渊明的《桃花源记》中的句子——"缘溪行，忘路之远近。忽逢桃花林，夹岸数百步，中无杂树，芳草鲜美，落英缤纷……"

此前，我不相信这世上有世外桃源，但此刻，我完全信了，神奇的武陵源峡谷深处，栈道绵延，山水曲折，芳草萋萋，空气温润，如此天赐的绝景，简直就是现实中的世外桃源。

偶遇一片大湖。湖水清如明镜，绿树倒映水中，满目诗情画意。中途经过传说中的"土匪洞"，洞口左边是炼硝台，右边有块巨石，上面刻有两个红色的大字——"雷刹"。洞内有战壕、瞭望哨口，遗存了当年土匪在此生活的痕迹。

后来，我们又坐了一程船，因贪恋山水，集合时迟到了几分钟。人在车上，我的心却仿佛遗落在大峡谷的山水间。

魅力湘西

回客栈的途中，陈导给大家介绍了湘西的苗鼓、哭嫁等习俗，我对神秘的苗族充满好奇。

晚餐过后，我们七点到达"魅力湘西"剧场。在文化广场的北端入口处，立着一顶银光闪闪的苗族帽。据导游介绍，苗族女子出嫁必佩银饰，苗族银饰是一种将民族物质与精神文明密切结合的奇特文化现象，当中渗透了苗族的图腾崇拜、民俗生活等方面的意蕴。

剧场外，游人密密麻麻，摩肩接踵。剧场分为内场与外场。进入内场时，我被瞬间震撼，那是我第一次去那么大的剧场，有近三千个座位。我的座位在第十七排的中间位置，我的右边就是团友，先生的座位在第十六排。向后望去，几千人的观众席竟座无虚席。这趟湘西之行，出发后我们才知道南京疫情突起，在剧场里，我全程戴着口罩，周围的人也都戴着口罩，大家在观剧的同时也注意着严加防护。

节目开始前，首先是四位主持人闪亮登场，他们的讲话字正腔圆，男声浑厚，女声清越。接下来的每个节目都可以用"震撼"两个字来形容。红红火火的《火鼓》一开场就打出磅礴气势，锣鼓喧天，场面浩大，瞬间抓住观众的心，鼓是大湘西少数民族表情达意的重要载体，火鼓打出湘西人的热情、粗犷，观众为之震撼，掌声经久不息；《边城》生动地再现了翠翠、天保、傩送三人间的感情故事，将人性的善美在灵动自然的山水中纯美演绎；《追爱》表现的是湘西瑶族流传下来的恋爱、婚礼方面的风俗，青年爬上楼梯与姑娘在闺房幽会，通过舞蹈与杂技的完美融合，展示湘西浓郁的民族风情；《爬楼》以瑶族婚恋文化为背景，突出表现瑶族人民嫁娶时独有的爬楼习俗，夜幕降临，姑娘在吊楼里等待恋人，精彩的歌舞展现了瑶族小伙子约见情人的热切心情；在《马桑树儿搭灯台》中，一群姑娘乘着白云，驾着长风，把缠绵爱意化为风的气息，展现相思的柔情蜜意；《赶尸》展现了湘西人忠勇爱国的民族精神与对家乡的强烈眷念，令人动容；《飞刀》表现的是一项高危险的技术活儿，在舞台上表演的飞刀传人竟百发百中，观众不断发出阵阵尖叫声；《哭嫁》展现的是土家族一种特有的风俗，通过哭唱的方式，将姑娘的复杂心理表现得淋漓尽致。

　　内场节目结束后，大家纷纷起身移至外场。外场的篝火晚会同样令人震撼。极度惊悚的土家气功表演"上刀山""下火海"，看得我惊心动魄。

　　这场高品位的湘西民族文化盛宴，以大湘西的自然景观和人文习俗作为背景，将乡情、亲情、爱情融为一体，向游客们展示了湘西民族文化的交融与和谐。悠扬的旋律，唯美的画面，每一个节目都燃爆全场，时而如惊涛拍岸，高亢激昂，时而像幽谷溪流，舒缓婉转，不知不觉就把观众带入美妙的情境中。

看完演出，我仍沉醉其中，我最大的感受就是震撼、过瘾，就像陕西人吃一桌菜最后总少不了一碗扯面一样，我实在有一种极大的满足与幸福感。

天门山

看完演出，第二天我们六点半集合，起程去远近闻名的天门山。陈导一再强调，一定要赶在八点半之前上山，否则就得摇号下山，影响下午的行程。

在景区门口，有数不清的团旅小旗，一面旗就代表一个团。蓝天白云下，连绵的青山格外明丽。

陈导给我们发了门票及身份证后，一位女导游"王导"带我们上山。王导个子不高，讲话却干脆利落。进山时，她给我们讲解天门山的历史。

天门山是张家界海拔最高的山，古称"嵩梁山"，又名"梦山""方壶山"，因自然奇观天门洞而得名，被誉为"湘西第一神山"。

我们坐缆车进山，每车厢可坐二十六人。到了传说中的"99道弯"时远望天门洞，宛如一弯清亮的月牙，如玉一样明净。

王导说："天门山是一个容易让人乐极生悲的地方，一定要小心。爬上九百九十九级天梯后，进门时左脚先跨过门槛，门槛两边有两尊神兽，从头摸到尾，顺风又顺水，从尾摸到头，一生不用愁。"

到了天梯的入口，王导带一部分团友坐电梯上山，我毅然选择爬天梯，我坚信最美的风景在攀登的过程中。大家约定好二十分钟后在天门洞集合，我们赶紧分头行动，谁也不甘落后。先生本是山里人，爬山自然不在话下。他一直在催促我，我也不甘示弱，每爬几步看一下表，时间也在催我前进。爬天梯的路时缓时陡，我的脚步越来越慢，只见天梯左侧有瀑布从天而降，引来众多游人驻足合影留念。转身向后望去，有九十九道弯的"通天大道"蜿蜒于高山绝壁间，层层叠叠犹如玉带萦绕山间。

爬到最后一程，我有些体力不支，担心自己支撑不下去，但天门洞就在眼前，便咬牙继续往上爬。临近洞口，见有两个女生费力地拖着一个少年往上爬，我觉得自己很了不起，在心中默默鼓励自己：越到最后困难越大，坚持就是胜利。

用了二十分钟，我们终于爬至天门洞洞口。天门洞比我想象中大多了，拔地倚天，巍峨高绝，宛若一道通天的门户，听说曾经有飞机从中穿过。"天门洞开云气通，江东峨眉皆下风"，元朝诗人张兑如此形容此地。

一向虔诚的我，竟然忘了摸门槛旁的神兽，便又回去从头摸到尾，又从尾摸到头，祈求平安。

天门洞内呈圆形，空间开阔，山风沁凉，我赶紧穿上外衣。接下来，我们坐穿山自动扶梯上山，扶梯全程在山体隧道中运行，从天门洞直达山顶，共十二段山路。隧道的两侧墙上贴满天门山景区的精美图片。

下了扶梯，山顶上的路相对平坦，王导带我们走到网红打卡胜地——玻璃栈道。玻璃栈道是悬于峭壁凭空伸出的玻璃眺望台，与天门山的山顶西线相接，据说是天门山风景最美的栈道。走在玻璃栈道上，双脚和万丈绝壁之间只有一层透明玻璃，让人心惊肉跳。俯瞰群山，空谷幽深，云山雾海，景不醉人人自醉。

听说天门山一天接待约五万人，相信每个人都是慕名前往的。

时间比较紧凑，我们又走了另一侧的玻璃栈道，我一直紧挨着山体，随人流缓缓挪步，出去时工作人员让我们做了个手势，给我们拍了合影，付二十元可打印一张合影。

在王导的带领下，团友们积极配合，我们按原计划下山。下山的索道每车厢可坐八人，从缆车里向外看，四面悬崖峭壁，峰险谷深，跨过一层层雄伟壮丽的山峦，我们仿佛置身于绿色的海洋。

大约坐了半小时的缆车后，我们直接到达张家界市区，奇秀的风景令人回味不尽。王导顺利完成了她的任务，把我们交给陈导后便匆匆离开，还来不及说声"再见"，她就在人群中消失了。

午餐团友们自理，我们又进了一家东北餐馆。先生离不开米饭，吃了个扬州炒饭和八宝粥，我离不开面食，要了凉皮、包子、银耳汤。来到大湖南，却吃东北菜，想想都觉得好笑。

一点钟左右，我们出发前往芙蓉镇。

芙蓉镇

关于芙蓉镇，我之前只知道有部电影《芙蓉镇》。陈导向大家介绍了芙蓉镇的历史，重点讲土司政策时期。芙蓉镇原名"王邨"，拥有两千多年的历史，因有宏伟瀑布穿梭其中，又被称为"挂在瀑布上的千年古镇"，与龙山里耶镇、泸溪浦市镇、花垣茶峒镇并称为"湘西四大名镇"。

下了车，接待我们的是几名刚结束高考的学生，他们利用假期到此地实习，担任讲解员，一个男孩，两个女孩，用当地话称呼他们就是"阿哥""阿妹"。阿哥个头不高，看上去有些腼腆，阿妹落落大方，他们的笑容很能感染人。

我们穿过长长的过道，到达酉水河岸边，坐上渡船，行舟时望见不远处的土家楼，灰色的屋顶在蓝天下显得古朴大气。飞瀑直泻，远望过去如一幅流动的山水画。一位阿妹给大家讲解当地风俗，另一位阿妹唱了一首山歌，大家一边观景，一边听歌，蛮有趣味的。

到达码头后，便进入了传说中的芙蓉镇。左边是特色小吃，右侧有一围栏，瀑布从悬崖上倾泻而下，汹涌澎湃，难怪有诗赞曰："动地惊天响如雷，凭空飞坠雪千堆。银河浩瀚从天落，万斛珍珠处处飞。"

我顾不得口渴，直奔瀑布。我做梦也没想到，等待我的竟是个意外。

当我临近瀑布，巨大的流水倾泻而下，激起的水花形成漫天水雾，我怕打湿衣服，追赶先生去拿伞。在我喊话的瞬间，话音未落就毫无防备地摔了个仰面朝天，大脑瞬间一片空白。先生闻声后立刻冲过来，和团友们一起把我拉起来，我这才发现有个半腿深的台阶，台阶下是一个长长的坑，匆忙中我不慎一脚踩空，向背后倒下。当时我整个人都蒙了，左脚火辣辣的，全身沾满泥浆，新买的小白鞋也没了模样，狼狈至极，真想找个地洞钻进去。我摔倒时还撞到了一个七八岁的小男孩，我的眼镜把小男孩的头皮划破了，看到我已然狼狈的样子，小男孩的家人也没有深究，我愧疚万分。

在先生和阿哥阿妹的帮助下，我爬到了土王行宫前的平台上，脱掉鞋子才发现左脚肿得像个乒乓球，我沮丧极了，不停地埋怨先生走得太快。一位热心的团友拿出他备用的红花油，先生赶紧往我脚上抹，同团人中还有一位年轻医生说用冰水敷，先生又赶紧去买冰水。小阿哥说："我背你上去。"望着他那青涩的脸，我感动不已。一位阿妹带团友们继续游玩，等他们走后，我再也控制不住情绪，眼泪顿时刷地流了出来，遗憾、委屈、难过……各种思绪涌上心头。好不容易出一趟门，上一秒还欢快的我，瞬间便寸步难行，真有一种绝望的感觉。那一刻，我竟然想到史铁生曾经经历的那种绝望。看到先生的鞋子、裤脚也沾满泥水，我又有些心疼他。身旁的小阿妹一直安慰我，在我眼里，她还只是个孩子，却那么暖心。

不一会儿，陈导和景区的几个工作人员赶到，准备送我去附近的医院。坐游览车要上几十个台阶，我每挪一步都困难，更别说上台阶。先生果断地背起我，每一步都那么沉重。

走了二十几级台阶后，他实在迈不动双腿，双膝跪地，只好把我放下来缓口气。那一刻，我内心所有的委屈都化为灰烬。

到了芙蓉镇中心卫生所，拍片结果无大碍，我的心里才踏实。医生开了七八盒药，望着那大大小小的药盒，我一句话也不想说。

工作人员又把我送到旅游大巴上，幸好我的行李箱都在车上。我换上干净的裤子，这才感觉没那么狼狈，心情也不再那么糟糕。我乖乖地吃药，给脚上喷药，因为我渴望第二天的旅行。想到团友们此刻正在坐船游玩，我羡慕极了，多么希望自己能像他们一样。想到晚上住在凤凰古城，我却无法观赏夜景，便难过得想哭。为了安慰自己，我又反过来想，幸亏只是扭到脚，没磕得头破血流已算万幸，如果摔到瀑布那边，可能连痛苦的机会都没有了，如果是在天门山上摔了，那结果会更惨。这样一想，我就没那么难过了。正如"祸兮福所倚，福兮祸所伏"，我只能顺应天意接受现实。

突然想到王导的话"天门山是一个容易让人乐极生悲的地方"，我没想到"悲"竟来得这么快，肯定是摸神兽时出了差错，而冥冥之中又一定是神在保佑我，我思绪不断。

回凤凰城的途中，我们了解到了苗族的一些习俗。苗族人喜欢银饰，如银碗、银筷、银杯等白银制品，并作为嫁妆送给将要出嫁的女儿。另外，苗族人好用朱砂，我对朱砂有一定的了解，知道这是极阳之物，可以增强人的心力。

晚上回到酒店，先生说："明天你就在车上坐一天，别给人家添麻烦。"我一听真来气，让我坐在车里等，而你们去游山玩水。我郁闷至极，渴望第二天能出现奇迹。那天晚上团友们去看凤凰城的夜景，我却连羡慕的力气都没有了。

半夜起来解手，每挪一步脚都疼痛难忍，我担心极了，心想，去凤凰城是彻底无望了。

凤凰城

早上起来，似乎真有神灵附体，我的脚虽然还很肿，像一个鼓囊囊的大粽子，但疼痛感几乎消失，或许是止痛片起了作用。我按原计划换上裙子，怀着一份好心情去吃早餐。先生说他昨天晚上给我洗泥衣服、鞋子和包，忙到夜里十二点才睡，我听后心中一阵感动，真是苦了他。

陈导带大家步行去凤凰城，我和先生坐车到凤凰城的南华门，车费五块钱。临江而望，凤凰城弥漫着淡淡的雾气，江水清澈见底，路两边林立的吊脚楼错落有致，似一幅水墨画。

我庆幸自己选择坚持，否则便错过了如此美景。我给儿子发了几张照片，小子比较敏感，回话道："你们怎么那么严肃，干架了？"顿时让我哭笑不得。

参观凤凰城时，陈导向大家介绍凤凰城的历史。凤凰城始建于清朝康熙四十三年，传说有一对凤凰从这里拍翅而起，小城便有了这个美丽的名字。凤凰城背靠南华山，面抚沱江水。凤凰城人杰地灵，孕育了一批名人，民国"名流内阁"总理熊希龄，现代著名文学家沈从文、著名画家黄永玉都来自凤凰城。

凤凰城街道两边的房子古朴典雅，店铺林立，服装店、小吃店、作坊等应有尽有，琳琅满目的竹编工艺、刺绣、挂饰、织锦、手镯，透着浓厚的民族风情。走在狭窄的老街上，脚踩一块块青石板，呼吸着古城天然古朴的气息，仿佛时光倒流。

沈从文故居是一座普通的湘西民宅，分为前后两进，中间有一个小天井，左右是厢房，里面是陈列室，摆放着先生的照片和文学作品。一张张珍贵的图片，一本本精品著作，记录了先生的人生，留给后人的是一座用毕生心血凝结的文化丰碑。

随后，我们泛舟游沱江，近距离欣赏湘西独特的建筑。沱江水碧绿清澈，两岸的土家吊脚楼依水而建，别具一格。楼上挂有许多红灯笼，为古城增添了几分喜色。青山、绿水、古桥、吊脚楼，山水城池相映，诗情又画意。小舟上的我们，成为景中景。不远处，有人在吊脚楼的藤椅上观景，看上去悠然自得。

参观完画家黄永玉的画展，我们去了天下凤凰广场，有一小时的购物时间，这里并没有传说中的强制性购物风俗。我是个虔诚的信徒，给全家每个人都请了一尊本命佛，愿佛保佑我们平平安安，并捎了些特产。之后大家在一起吃最后一顿"团圆饭"，随后便回长沙。

一直以来，凤凰古城都是我向往的地方，虽然这次并没看到凤凰城夜景，但也圆了我多年来深藏于心的游凤凰城的梦，此行让我领略到凤凰古城诗意的风光，已是满足。

顺利返深

返程那天我睡到自然醒，去五楼吃了自助餐。上午收拾好东西，然后在酒店写旅行心得。无论去哪里，日记本我一直随身携带，已和我的身份证一样重要。

一点半退房，下午我们一直待在酒店大堂，那儿的沙发比高铁站的座椅更舒服，同团的一对母子也在大堂等候，他们准备去机场。

六点半我们坐上返深的列车，晚上十点到达深圳北高铁站。我们原本不想让儿子接，但还是没拦住，小子提前四十分钟到达深圳北高铁站等候我们。男孩贴心起来，一点儿不比女孩差。有儿子接方便多了，要不然我走路不便，确实挺麻烦。不到晚上十一点，我们顺利回到家。

这次湘西之行，我终生难忘。行万里路，如读万卷书，旅行一次，收获的不仅仅是一张张照片，更丰富了人生阅历。本次旅行，也让我感觉到光阴的紧迫，同团四十个人，大部分为90后、00后，我们已是团中的长辈。和年轻人在一起，自己也感觉年轻了许多。大家来自五湖四海，同坐一辆车，同吃一桌饭，同住一酒店，像回到学生时代，陈导是班主任。

有人说："如果没有邂逅张家界，人生将会是缺少色彩的。"通过此行我切实体会到了这句话的含义。希望有机会能再去湘西走一回，去金溪边，去杨家界，再去一趟芙蓉镇，看错过的风景，感谢帮助过我的人。

集中隔离

我做梦也没想到，旅行一次，竟这般惊心动魄。

七月二十八日上午，我突然接到社区网格员的电话，要我去做核酸检测。其实要不是崴脚了，我前两天就去了。放下电话，我赶紧去社区工作站开票，去蚝三社康中心做了核酸检测。

刚回到家，我又接到了网格员的电话，问我们是否看过二十二日的"魅力湘西"剧场演出，要是看了，就得去酒店隔离。我脑子"嗡"的一下顿时有些慌乱，赶紧打电话跟先生确认了一下，我们确实在那天看了演出。难得旅行一次，却是这样的结果，我始料未及。我赶紧收拾东西，准备好换洗衣服、生活用品、电脑、充电线、日记本，像即将去旅行一样。先生特意交代我给他带上两本书和茶叶，想到儿子还去接了我们，我心里更加紧张。

午饭已准备好了，却没心情吃，我不停地翻阅网上的消息，一时间，所有的矛头都指向魅力湘西，铺天盖地的消息让我无比恐惧。陈导让大家报备核酸检测结果，因为，这不仅仅关系到我们个人的健康。

我一直紧密关注官方消息，第一批确诊者观剧时间段为晚上六点至七点，而我们是七点至八点，出入口不同，而且座位相隔较远，我心想应该没有交集，这是唯一让我感到安慰的地方。

下午两点半，社区专车在楼下等候。听说要隔离十四天，我想带上鹦鹉嘟嘟，但最终还是没带。我穿不上自己的拖鞋，拖着先生的鞋就下楼了。楼下的工作人员全副武装，帮我把箱子放进车后备箱，我便被接走了。

车在途中还接了一位女士，她因回了趟在张家界的老家，后直接从厂里被接走，还来不及带上换洗衣服，她一路上都在抱怨。我能理解她的心情，同时惊叹深圳防疫工作的执行力。

后来接先生上车，自上午接到通知后，他就没再敢接触旁人，一个人坐在公司门口的天桥下等了几个小时。车子拉我们上高速，我们这才知道隔离点在石岩。途中，儿子和同事们给我发了几条消息，我没敢告诉他们，不想让他们担心。

到了石岩维也纳酒店门口，工作人员通知我们夫妻不能同住一屋，我们在楼下分了衣物。想到一个人被关在一间小房子里，我不由得紧张起来。工作人员给我们每人一张房卡，还有几张表格，分别是石岩维也纳酒店集中隔离点入住人员情况表、信息填写指引表、旅客居家健康监测目的地申报工作指引表、旅居史承诺书。我被安排在1210房，先生在1215房，在我斜对面。长长的走廊静得可怕，每个房间门口放了一张凳子，好像每个门口都将坐一个人看管，紧张加剧。每一楼层都有一个安保人员，办公桌上一大一小两台风扇对着他吹。

隔离的房间比我想象中宽敞多了，三十多平方米，内有两张床、两张桌子，一张桌子可以用来办公，另一张上放了一台电视机，此外还有一张小圆桌、一把沙发椅、一大袋生活用品，内有纸巾、一次性拖鞋、纸杯、袋装茶叶和一箱水。看到这一切，我心里平静了许多。

入住后，我一直在网上填"宝安防疫通"，有好几个地方不清楚，每次退出来再进去全部都要重填，花了不少时间，幸好有工作人员耐心指导。

六点晚餐送到门口，我这才知道凳子是用来放饭菜的，四菜一汤，味道不错。

第一天晚上，工作人员送来一袋东西，袋子外边写着"山湖石岩"，里边有两盒方便面、两瓶酸奶、一包口罩、一个大红色的医用小盒子，内有体温计、棉签、酒精棉片、消毒湿巾还有一张粉红色的 A4 硬纸片，一边是"石岩欢迎您"的字样，另一边是"致旅客的一封信"的字样，信的最后一段让我倍感温暖——"我们衷心希望能与您加强沟通交流，共同应对挑战，我们会像家人一样关心您，照顾您，与您同舟共济，共克时艰"，旁边还附有宝安区心理卫生援助热线。收到这暖心的一袋东西，我感受到工作人员的贴心服务，不安的情绪逐渐消除。

虽然还有几分恐惧，但我极力战胜。一下子被关起来，两个人同在一个屋檐下，能听到彼此声音，却见不到面，这种感觉怪怪的。到了晚上，心里很堵，恐惧像潮水一样涌来，我给一位朋友谈自己的处境，朋友的安慰让我有勇气面对眼前的一切。匆忙中忘了带备用笔芯，便向工作人员要了一支笔，一日不写日记我会崩溃，更何况是被关起来。

接下来的几天里，开启了我的隔离生活。既来之，则安之，我告诉自己，一定要用好这无奈的隔离时间。

隔离的第二天，我还在犹豫怎么告知领导，上午就接到了邓副校长的电话，他第一句话是玩笑式的问候："你还没被抓走？"邓校长就是这么接地气，他知道我刚从张家界回来。我这才告知邓校长自己已被隔离，邓校长让我安心隔离。我随即将我目前情况报告给吴校长，本来第一天就要打电话给领导的，但因为还在假期中，我不想让领导担心。放假前吴校长的叮嘱一直回响在我耳边——"假期尽量少出门，你去的时候那个地方没事，万一你回来后那个地方变成高风险地区，你就得被隔离了"，没想到还真应了吴校长的话，我实在愧疚。吴校长让我安心隔离，配合工作人员。

打完这些电话，我心里才踏实下来。

疫情防控组的工作人员很贴心，常打电话询问我的生活情况，让我心情压抑时打电话给他们，他们会帮我排忧解难，我听后心里暖暖的。先生第二天就搬去十四楼了，原因是原先那个房间有些吵，有认床习惯的他睡不好，工作人员便给他换了另一朝向的房间。我需要什么东西，就打电话给前台，工作人员会在第一时间送到。

那天上午，先生打电话说想吃龙眼，我在叮咚上买了龙眼、桃子、青枣，还花了十一块钱给自己订了一束花，这是我第一次为自己订花。工作人员帮我把东西送到房间，又给先生送了一半。买回的花没地方插，矿泉水瓶瓶口太小，想借把剪刀，工作人员不给提供。我只好把花分别插在三个矿泉水瓶里，用拍图识花的方式查了一下，白色、粉色的是洋桔梗，深红色的是菊花。几株小花顿时使房间充满生机，淡淡的清香弥漫在空气中，带给了我一份好心情。

人在困境中，不可一味消沉，适当创造一种特别的仪式感，任何时候都不要失去面对生活的勇气。

几天时间里，我真切感受到防疫人员的辛苦，每天天还没亮就听到工作人员给走廊消毒的声音。他们穿着整套防护服，一穿就是一整天。负责后勤的工作人员，每天准时把三餐送到每个房间门口，还要收拾每个房间的生活垃圾。医护人员每天早晚给我们测量体温、血压、测核酸，或许是由于一直处于紧张状态，我的血压一直偏高，医护人员让我适当走动，放松精神。我的脚总是隐隐作痛，他们指导我护理。

一日三餐，饭菜荤素搭配合理，几天不重样，营养丰富，有时还有水果。每餐前我都要拍一张照片发给儿子，让他放心。有一天上午，我吃着可口的饭菜，眼泪就不自觉地掉下来，觉得政府对我们太好了，而自己却给政府添了麻烦。

隔离期间，每天我过得都比较充实，我在心里告诉自己，要对得起政府提供的一日三餐，要对得起工作人员的关心。我的时间主要用来写作，记录湘西之行。

此外，我每天早上起来做的第一件事就是查看粤康码，看到检测结果为阴性我才放心开启一天的生活。

每天最开心的事就是看到中国获得的奥运奖牌数不断增加。写湘西之行时，我把宋祖英的歌全听了一遍，把音量调至最大，驱逐孤独感。每天最痛苦的事就是晚上测核酸，棉签塞进鼻子里的感觉很不舒服，我常常难受得眼泪都掉了出来。医护人员特别温柔，对我轻声说："不测你出不去。"我只好乖乖接受核酸检测。

有一天，我实在闷得不行，偷偷打开门透了口气，看见工作人员一个人静静地坐在不远处，陪伴他的是寂寞的长廊，我心中不禁一酸，其实啊，我们被隔离两周真不算什么，他们才真正不容易。

我的生活每天三点一线，从床上到书桌，再从书桌到厕所，幸好空间大，否则真像坐牢一样。"金窝银窝不如自己的狗窝"，虽然现在过着饭来张口的日子，但我心里却莫名地发慌，感觉房门如厚厚的一堵墙。我触摸不到风雨，感受不到阳光，唯一能控制的只是房间里空调的温度。人失去了自由，心似乎也被禁锢了。

在我看来，被隔离是件丢人的事情，我不想让任何人知道，更不想让任何人为我担心。领导、同事、同学、亲人都知道我刚从张家界回来，都在关心询问我的近况。他们的每一句宽慰都令我特别暖心。儿子把嘟嘟和阳台上的花草都照顾得挺好，拍了照给我看。有一天，邓校长发给我一张图片，上写着"新冠肺炎特效药——不准出去丸，请每天服用"，我开心了许久，人在困境中，快乐就是那么简单。吴校长也再次打电话询问我的情况，看到领导如此关心我的生活，我觉得很对不起领导。

我时常不由自主地往坏处想，我担心突然有人敲门带我转移所居之地，那自己就将成为罪人，对不起所有关心我的人更对不起政府，一想到这里，心时常像在火上烤。有时我真想一下子冲出门，或者变成蝴蝶飞出去。为了缓解压力，我在叮咚买了一堆零食，用来打发时间。

我每天都在反思，有时甚至觉得自己去了张家界是一种罪过，更不该去看"魅力湘西"演出。然而，我并不后悔，湘西之行是我人生中的重要经历。当看到人民日报公众号转发的张家界给旅客的那封信时，我终于有勇气面对眼前的一切。旅行本无罪，既然已留下美好记忆，那么一切就是值得的。

周末儿子发起视频，一家人终于见上面，先生的样子着实让我吓了一跳，脸上胡子拉碴的，像是刚从牢里出来，我有些心疼。平时他每天都刮胡子，这次匆忙中忘了带剃须刀。那些天，我们每说一句话都得通过电话，先生每天几次提醒我泡脚、喷药。

有一天测核酸时，我对医护人员说："我感到很闷，有时想冲出去。"医护人员告诉我，他们下班后也不能回家，回到房间也是自己一个人。我听后特别难受，他们真的不容易，每天冒着被感染的危险，几个月见不到家人，心里一定承受着巨大压力，可他们没有退缩，长夜里，工作人员还坐在走廊里看护我们，真的很辛苦。如果之前我对白衣天使的理解是抽象的，那么现在对他们的理解就是具体、深刻的。我不知道他们是谁，也看不清他们的脸，但我知道他们是为了谁，他们是最勇敢的逆行者，是我们的守护神。

我之所以在文章最后多一笔记下湘西之行留下的"后遗症"，是想给大家提个醒，希望大家积极配合政府的工作，不给社会及关心自己的人添麻烦。每个人都把自己照顾好，就是对社会最大的贡献，就是对医护人员最大的关爱。

感谢所有医护人员像家人一样关心我，感谢深圳，我爱这个温暖的城市。

二〇二一年　立秋日

心血开花

——《故乡云》出版点滴录

　　写了十年，忙了十个月，我的处女作《故乡云》终于付梓。祝贺自己的同时，也感谢为这本书付出心血的每一个人，感谢这么多年来一直努力的自己。

　　十年前，我并未计划把所写的篇章结集成册，一篇篇文章只在QQ空间被岁月尘封。后来，我以为只要写好了作品，出版是轻而易举的事，一切都交由出版社负责，其实完全不是这么回事。经历了《故乡云》的出版全程，我最大的体会是：写书难，出版更难。出版一本书，需付出太多心血，等待的过程也无比煎熬。果实很甜美，过程却很辛酸，我觉得很有必要在这里整理一下书的出版流程。

分类整理

《故乡云》最初名为"媚子散文集"，我于二〇一七年九月完成前言部分的初稿，后因工作繁忙搁置两个月，十一月开始正式梳理内容。

本次分类整理，我花了许多心思。万事开头难，起初我非常盲目，思绪如麻，只简单分为两辑："梦里故乡"和"草木情怀"，后又分为五辑，再经过反复编排、内容细化，最终分为六辑，并精心拟好每辑标题。到十二月底，文稿分类整理告一个段落。编排的过程中，思路逐渐条理化。

我在整理过程中，同时完善前言内容。前言是作品的眼睛与灵魂，于我来说是一种巨大的考验。构思时，我感到文思枯竭，一度担心自己的处女作要"难产"，但我没有气馁。我以神圣严谨的态度对待，先后取了几个富有诗意的题目，如"旧事如天，岁月苍茫""用文字捂暖灵魂""人淡如菊，素心如兰"等。十一月二十九日，书名正式定为《故乡云》。十二月三日，前言的文字最终定稿。当整本书有了清晰的眉目，我心里有一种难以名状的愉悦感。十二月三十一日当我收到序言《心血凝结的真情文字》的文稿，我非常欣喜。二〇一八年一月我完成后记内容，至此，全书内容基本就绪。

修改完善

接下来的时间，我开始了漫长的修改工作，直到二〇一八年春节过后才结束。工作之余，我抓紧一切时间完善书稿，为此我专门买了打印机，每打印一次修改两遍，第一次用红墨笔修改，第二次用绿墨笔修改，每改完一遍便在电脑上校正。二〇一八年寒假前我共修改了三遍，寒假期间集中精力改完第四遍。本来二〇一八年一月可以交稿，但我还是有些不满意，利用春节期间又修改了第五遍。无论在回乡的车上还是在家中，我每天坚持修改一部分内容。除夕、年初一两天，我依然抽时间精心完善书稿，终于在二月底，我按计划完成了第五次增删工作。

在修改过程中，我对许多细节进行了优化。写故乡、亲情的篇目中多次提到的同一事物我只保留在其中一篇，比如母亲为我珍藏苹果、柿子等细节在多篇中都有写到，虽然心里舍不得删除，但为了保持整本书的简洁与统一，还是选择忍痛割爱；父亲养花、饲养家畜等细节也在多篇均有提到，我修改后只保留在其中一篇；《感恩婆婆》和《感念母恩》两篇文章也有许多相同的细节，经再三斟酌，最终把两篇合二为一，合并后有的地方读起来比较生硬，但对整本书而言，合并是必要的。深感完善作品的过程，就是对作品进行再创作的过程。

我的一段段日记，成为《故乡云》中重要的一部分：

2018 年 1 月 3 日

　　每天都会看一遍《序言》,《故乡云》是我十年心血的结晶, 倾注我无限热情, 梦想即将变成现实, 心中无比激动。校正工作必须认真完成, 若能得到读者的肯定, 将是我最大的慰藉。

2018 年 1 月 15 日

　　近段时间一直忙于改稿, 时间紧, 任务重, 我已做好了战斗的准备, 人生在于努力拼搏, 有了方向, 并为之奋斗。昨天已完成后记, 还不成熟, 会不断优化, 不到最后一刻, 不会向他人谈起自己的目标, 我喜欢这种默默无闻的感觉, 低到骨子里去。

2018 年 1 月 17 日

　　无论做什么事情, 先不去想结果如何, 首先得付出一定的劳动。只问耕耘, 不问收获, 这种思想会迫使你不断向前冲, 达到预期的目标。这个冬天虽没有新作, 但完善稿子也是一个再创作的过程。自改稿以来, 每天总觉得时间不够用, 慢工出细活, 而自己却一直在赶工, 心里有些慌。不过, 我依然要尽力修改好, 达到满意效果。人生很多时候要挑战自我, 做自己生命中的主角。

2018 年 1 月 29 日

早上手机上的温度显示为八度，心中顿时生出丝丝惧怕，又一轮冷空气来了。打开门，寒风扑面而来，我赶紧换上棉衣，把自己裹得严严实实，庆幸在寒假中。上午集中精力改完最后一辑，一个人在家不受干扰，工作效率高。中午小睡了一会儿，下午开始第四轮修稿，从序言开始，这次比前几次更细心，打算第五次基本上不用再大改。晚上电视都没敢看。近段时间，得克服种种困难，力争提前完成第四轮修改。别人都回家和亲人团聚了，我利用这段时间完善书稿，寒假是充电的最佳时期。

2018 年 1 月 30 日

今天又是寒冷的一天，真的很庆幸现在不用冒严寒上班，先生说了句经典的话：上班如上刑。今天要求自己必须用心完成至少六十页任务，加了把劲，现已完成了全书的四分之一。每次都是第一部分最让人头疼，写回乡经历都是以流水账形式，当时并没有太注意遣词造句，给修改带来不少麻烦。天气寒冷，正是考验人的时候，得拿出点勇气来，否则无法按计划完成任务。人必须有寒梅迎雪的精神。

2018 年 2 月 1 日

今天起来已七点多，天一冷人就懒，被窝有着巨大的吸引力。今天先读完《回忆我的母亲》，几乎是伴着泪水读完。年关将近，每逢佳节倍思亲。书稿已校正得差不多了，必须用心完成，不仅是对读者负责，更是对自己负责。近段时间改稿，还得为儿子准备饭菜，要合理安排时间，少看手机多看稿，时间会越挤越多。耐得住寂寞，才会有收获。

2018 年 2 月 4 日

今天农历腊月十九，年越来越近，希望抓紧年前这几天，让每一天过得有意义。只有怀揣春天的物种，才能越过冬天，人不能在寒冬里丢掉了梦想。今天发现了两个错别字，像发现了宝贝。没有把握的字，及时查字典，一定可以消灭一个个错别字。

2018 年 2 月 9 日

又一天过去了，校稿进展却不大，或许自己过于仔细，看来要加快速度。街上行人车辆越来越少，每个人心中都有一份故乡情结。我们迟些回去，正好有时间校稿。每天进步一小步，时间久了，就是一大步，争取三月份之前完成第五次校稿，等于在有限的时间内读了五本书。

2018 年 2 月 18 日

今天年初三，天气有些阴冷，带阿爸去了平远，看到了茶花、白玉兰、紫玉兰，树树繁花。山里空气新鲜，清静幽雅。后来我提议去五指山，谁知路上车太多，路也不好走，我们便返回。我有些失落，后来也想开了，人生不可能处处称心，学会让思想拐弯，五指山虽没去成，但提前回家，为改稿节省了时间，这何尝不是一种收获。学会调节心情，会更快乐。

2018年3月4日

到今天为止，书稿已按计划完成五次修改工作，一遍又一遍，自己似乎都有些厌倦了。人总得有追求，源于内心的驱动力，不在追求中升华，就在闲适中荒芜，感恩生活的赐予，让我不断进取。第一本文集出版之后，我会一直写下去，不停下前进的脚步才是最重要的。虽然写作并不能为我赢得什么样的人生，但使我的生活更加充实，使我内心更加丰盈。

期盼佳音

二〇一八年三月初，我交了稿，之后确定出版社，并发去作者简介、内容简介以申报选题。接下来便是漫长的等待过程，每一天我都热切地期盼佳音，零零碎碎的思绪在我的日记中都有详细记载：

2018 年 3 月 7 日

良好的开端是成功的一半，我喜欢早起的感觉，四周静悄悄的，天空朦胧一片，伏案而作，走在晨曦的前面，写字、煮早餐，从从容容去上班。今天书稿的事有消息了，想到自己的文字将变成铅字，心中无比激动。但愿上天佑我圆梦。我将继续努力，学习路遥的创作精神，像牛一样劳动。

有朝一日，我将带着自己的作品去祭奠父母亲，告慰他们的在天之灵。人生路上，随时会有风雨袭来，随时要做好迎接风雨的准备。父母走了我都挺过来了，还有什么能打败我。我没有强大的背景，没有广博的人脉，但我有一颗上进的心。我坚信上苍眷顾每一个不懈努力的人。

2018 年 3 月 13 日

每天晚上十点准时休息，早上五点起床，白天精神状态还不错。每天最担心的就是选题能否通过。努力了那么久，准备了那么久，我希望顺利通过。这将是一个漫长的等待过程。得知《回忆我的父亲》发表在《山湖石岩》，我兴奋不已，这是我发表的第一篇作品，以"媚子"之笔名发表的。

今日的收获，来自十多年来笔耕不辍，抛开纷扰世事，潜心写文，终于拨开乌云见天日。人生三百六十行，行行出状元，我无法成为什么状元，只是不想让生命在平凡中荒芜。苔花如米小，也学牡丹开，不在乎什么样的境遇，努力绽放。写作是自我释放的需要，更是我生命中的阳光，没有它，我的生命将会枯萎。

2018 年 3 月 19 日

昨天得知选题已通过，兴奋得一夜醒来好多次，第一次出书，相信每个人都有这样的经历。之前从来没有关注过出版方面的信息，最近一直在网上浏览出书流程，原来出书真的不容易，向每一位写作者致敬，也向自己致敬。《故乡云》已按流程进行，让我更加有动力，这是最难忘的心路历程。

2018 年 3 月 26 日

近段时间以来，无数次在网上查出书流程、申请书号流程及时间，浏览了一条又一条信息，生怕遗漏某个细节。等待的过程，犹如孕育的过程，满怀喜悦地期待宝宝降生，这个过程漫长而难熬，满腔热情在心中翻滚，像是什么东西在心中挠，怀揣一份小幸福，期待花开。

2018 年 4 月 16 日

今天已十六号了，《故乡云》的出版情况不知进行得怎样，之前的热切期待，现在似乎没了那份热情。心想，反正都十年了，不在乎这一年半载，耐心等待吧，春来花会开。

2018 年 4 月 23 日

书号已申请月余，期待一天比一天迫切，平静的外表下是我一颗火热跳动的心。时间一天天溜走，却杳无消息，除了等待还是等待。自古好事多磨，上天自有安排，愿上苍赐我好运。

勤奋校稿

2018 年 5 月 7 日

盼星星，盼月亮，终于盼来了《故乡云》书稿返回，心中自然无限欢喜。现在倒令我惆怅起来，这周每天晚上学校都有事情，忙得像陀螺。昨晚十二点多休息，今天凌晨四点钟就醒来，心里有事睡不着。好不容易盼来书稿返回，自己却无暇顾及，甚至连打印的时间都没有，真是无奈。最考验人的时期，我告诉自己，千万不能慌，要从容镇定，静心完成每件事。

2018 年 5 月 22 日

今天工作重心依然是校稿，这次我要求自己必须读出来，只有读出来才能发现更多的问题。本以为之前修改五遍没什么大问题了，谁知又发现了错别字。既然生命是一场跋涉，就注定过程是艰辛的。我的作品虽不是传世之作，却是我的十年心血的结晶，无论如何都得用心完成。

2018 年 5 月 24 日

准备了长时间之后，终于迎来了国测，我担任第二试室的临时班主任，全权负责学生的生活。这两天校稿速度更慢了。自入职华南，感觉这个五月是有史以来最忙碌的一个月，现在要是暑假该多好啊。不管怎么说，撑过去就是美好的一天。

2018 年 5 月 26 日

这两周全力以赴校稿，每天除了稿子还是稿子，时间严重不够用。早餐后拿了几叠稿子去后花园，在那儿阅稿感觉挺好，清风送来阵阵凉爽。大叔大妈们带着孩子在玩，孩子们是那么欢快，他们的生活这般悠闲，我羡慕不已。

到现在为止，稿子才校正到 254 页，还有 184 页等我完成，看来明天及下周的任务并不轻，得推到下周六寄。虽第一次出书，我希望不出现一个错别字，这是我最大的期望。先生一直想出去玩，我却不敢出门，这么多事情等我完成，我相信现在所付出的一切努力，一定会有收获。

在《十点读书》中听到一篇美文《所有美好，都值得等待》，反复听了好几遍。世间所有的美好，都会在漫长的等待中大放异彩。每个人都应该有一种等待精神，凡事不可急躁，静心以对，等待使人更加从容。

2018 年 5 月 27 日

今天早上在后花园校稿，八点出门，十一点才回家。也想出去玩，可实在走不开，每天跟陀螺似的，忙得一塌糊涂，恨不得把一天掰成几天用。如果身体受得了，真想白天黑夜一天二十四小时用来工作，希望这种日子尽快告一个段落。

2018 年 5 月 29 日

昨天睡前终于收到消息，书号已申请到且可在网上查到。我心中大喜，真是个开心的日子。仔细看过，发现遗漏了主编，今天终于鼓起勇气询问出版社，要不总觉得有缺憾，我希望补上，完美出版才好。

2018 年 6 月 1 日

校稿已进入最后阶段，稿子即将被寄走，我有许多感触，摸着沉甸甸的书稿，有些激动。为了这本书，我付出了太多的心血，辛勤耕耘十年，校稿七遍。虽然累了点，但我无怨无悔。

2018 年 6 月 2 日

到今天为止，校稿工作终于接近尾声。今天听到友人谈起亲人故去时的情景，我差点掉泪。《故乡云》中，我原原本本写了曾经的一切经历，这是一本自我赎罪的书，可惜人生没有回头路，世上没有后悔药。

人常说，好事多磨，确实有一定的道理。今天本打算把书稿寄走，谁知收到主编老师发来的信息，要等北京更正后才能印。不寄也好，继续磨吧。

2018 年 6 月 3 日

昨天和今天，都是在书房里度过的，昨天下午开始第八遍校正，本以为已经很多遍了。主编说他的一本书曾修改了十遍，我听后深受感动，名家都能谦虚对待作品，自己更应该用心校对。

一切福田，不离方寸。看了一篇文章《真正的高贵，是心里装着别人》，其中有些句子让我一见倾心。方寸，指一个人的内心，心里高贵了，人生也就高贵了。一个人若能时时刻刻心里装着别人，他一定是个受人尊敬的人。

2018 年 6 月 4 日

好文不厌百回改，相信经过不断打磨，文章毛边越来越少，越来越温润。出一本书何等不易，"成功的花，人们只惊慕她现时的明艳，然而当初她的芽儿，浸透了奋斗的泪泉"。今天终于把第一辑校完了，每校第一辑都让我觉得负担沉重，每一篇都是长篇，感觉犹如啃一块硬骨头，必须下一番功夫。

2018 年 6 月 5 日

新的一天从五点钟开始，这已有半年了。路遥的早晨从中午开始，我的早晨从五点钟开始。无论多忙，我都会坚持记日记，坚持是一种向上的精神。时间就像海绵里的水，总能拧出来。人常说，好事多磨，现在终于体会到了它的含义，与唐僧取经一样，多一些磨难，多一些考验，才能取得真经。今天上午收到补上书号的消息，我心里这才踏实。

2018 年 6 月 6 日

今天上午查到书号，心里一块石头总算落地。由于兴奋过度，今天凌晨四点就醒来，怎么也睡不着，干脆起来校稿。无论什么事情，只要用心去做，付出一定的努力，就一定会有收获。接下来，抓紧一切时间完成第八遍校正工作，争取周末寄走。

2018 年 6 月 7 日

窗外滴滴答答的雨声，把我从沉睡中惊醒，一看时间，才凌晨三点。接着又睡，却怎么也睡不着，近四点钟偷偷爬起来，继续完善稿子。为了这本文集，我做到了尽心尽力，即使不尽完美，毕竟自己能力有限。

天蒙蒙亮了，此刻五点二十一分，我已工作一个多小时了，我想象到路遥为《平凡的世界》所付出的努力，一个与文字打交道的人，一定要能吃苦，要忍受得了孤独，还要有一丝不苟的精神，努力的人生才精彩。

2018 年 6 月 10 日

今天终于把稿子寄走了，心里轻松了许多。文稿前后总共校正了八遍，人都有些麻木了。也许因为近段时间太累了，若再让我校正一遍，我想我会崩溃的。这一个多月的日子里，每天埋头在书房，没日没夜地校稿，与外界隔绝。有一次凌晨两点起来校稿至四点，有两次凌晨四点钟起来校正至六点钟，早上接着去上班。

五月份几乎忙哭，今日终于完成一项巨大的工程，我如释重负，真的尽力了。书稿揣在怀里沉甸甸的，我有些舍不得寄走，在邮局怀抱书稿合了影，真希望到时可以返回给我。今晚终于可以怀着轻松的心情睡觉了。

力求完美

2018 年 6 月 17 日

上午收到主编老师的信息，让我参考一下书的封面，我下午去了一趟宝安书城。

书城里的书太多了，感觉自己像个乞丐，各类书籍如山一样等我去攀登，在山的面前，我感到自己如此渺小。这次主要看封面设计和作者图片样式，我把目标锁定在散文、回忆录类。

每一本书，封面都有其独特之处。挑选了一个下午，我拍了七八张封面图片，基本上都比较淡雅。一本书的问世，需要花费作者及编辑太多的心血。因此，我对每一本书都怀有敬畏之心。

2018 年 6 月 18 日

今天端午，我的任务是拍照，主要是准备《故乡云》勒口处作者简介的照片。我从来没拍过艺术照，即便不出书，拍一套艺术照有何不可。九点到达影楼，简单化了妆，便一直等待拍婚纱照的一对新人，到海上田园快十一点。穿着那条淡蓝色的长裙，我好怕遇到熟人。摄影师特别有耐心，从多个角度拍了许多张。烈日当空，穿礼服滋味并不好受，为了作者简介的图片，自己也是拼了。也曾在之前的照片中千挑万选，却没有一张满意的，友人开玩笑说我连自己都看不上。我对患有"强迫症"的自己也很无奈，谁让自己是个完美主义者。

2018 年 6 月 28 日

到今天为止，书稿已确定十八天了。从去年九月写序，十月整理，到现在有十个月的时间，一个生命从孕育到降生也仅十个月，书籍的出版犹如生命孕育的过程，这个过程是漫长的，当捧起自己付出太多心血的作品，一定无比激动。

2018 年 6 月 30 日

今天最开心的事是收到了六张封面图片，各有特点，每一张我都喜欢，参考了亲友的意见，经过反复比照，锁定最后两张。晚上回到家又在电脑上比对，舍弃哪一张都遗憾，心里很纠结。第一部作品，我希望每个细节都完美。后来决定用第一张图片，有山，有云，有意境，风格素淡、简约，最主要的是和内容比较吻合。

2018 年 7 月 1 日

上午得知开本不能改时，眼泪止不住地往下流，自申请书号开始，我一有空就物色书的开本大小，整整三个月的时间，每当看到书架上的书，我总是拿起书来先看书的开本是多少，想象自己的书的开本大小，像是着魔了。千挑万选，却得知自己无法决定，我伤心至极，多么渴望作品能顺心意出版。

中午饭也没心情吃，在床上哭了好久，一想到这事心里就有一种说不出的难受劲。反正自己尽力了，伤心应该只是一阵子，人生哪有处处一帆风顺。

2018 年 7 月 2 日

昨天和今天真是冰火两重天，人生竟是这般充满戏剧性。下午确定执行方案，我向主编老师谈了自己的想法，老师详细为我讲解开本的设计理念，每页二十八行，每行三十个字，读起来眼睛不会累。我听后心情豁然开朗，一切都是最好的安排。

2018 年 7 月 4 日

今天收到书稿的电子版定稿和封面图片，封面我非常喜欢，远山近树，朦胧的云朵，意境深远，正是我心中理想的样子，真的好开心。感恩一切给予我帮助的人。

出版流程

2017 年 10—11 月整理书稿、完成前言；12 月写序。2018 年 1 月至寒假期间，连续修改 5 遍；3 月 4 日上交电子稿；3 月 7 日确定为团结出版社；3 月 11 日发作者简介、内容简介；

3月12日上报选题；3月18日选题通过；5月6日收到返回书稿；5月28日确定为春华文秀丛书之一，书号申请到（遗漏主编）；6月5日主编补上；6月10日寄走最后定稿；6月17日寻找封面资料；6月18日拍照；6月30日收到六份封面设计；7月2日确定出版方案；7月4日收到书稿定稿和最终的封面；7月30日成书发货；7月31日收到作品。

难忘今日

2018 年 7 月 31 日

期待中，我十年心血的结晶——《故乡云》终于送到了，迫不及待地打开纸箱，拿出一本书，便舍不得放下。书很厚，捧在手里沉甸甸的，开本非常大气，好在没按自己的想法，否则厚成字典。怀一颗感恩的心，抚摸书中的页面，如同摸到自己的灵魂，我沉醉在无比的欢乐中。如果说有美中不足，就是作者简介的照片颜色稍微暗了些，不过没啥影响，或许是我过于在乎细节了。

怀揣《故乡云》去后花园，天空有些暗淡，伴有零星小雨，找一处草地比较干净的地方，把《故乡云》放在草地上，让它和草地来个亲密接触。旁边的小土丘上，有两棵花树，花穗一串一串的，有淡紫的、纯白的，白紫相映，淡雅美丽。我很想折几枝花夹在书中，奈何够不着。

突然下起大雨，我急忙去楼下躲，一时间风雨大作，我坐在大理石上，听风看雨，陷入沉思，眼泪不自觉地滑落，我想起了父亲母亲。《故乡云》是献给父亲母亲的书，我多么想捧着自己的作品去父母的坟前，告慰他们的在天之灵。沉浸在思念中，整个世界似乎停下来，任思绪流淌，或许正是乐极生悲。

雨后的花园，树叶更加清亮，折几枝小花，摘几片红叶，搜集细微之处的美好，生活处处有风景。

心怀感恩

"祝贺心血开花！"——这是友人发给我的祝贺词，这几个字让我一见倾心，深感动容。《故乡云》的顺利出版，圆了我多年的梦，为我十年以来的心路历程画上了圆满的句号。这本书，凝聚了我太多的心血，多少年来，被禁锢的心灵无法得到解脱，愿父母在天之灵能感受到我深深的忏悔。

我是一个凡事都追求完美的人，每一个环节，我都极力做到尽善尽美，不求最好，但求更好。

每一条人生路都必须浸透汗水，我们必须去开辟属于自己的道路，即使荆棘丛生，也无所畏惧。自己铺就的路，才是最坚实的。

写作是内心的表达，我不与谁比，不妄自菲薄，只活出自己的样子。

坚守梦想，是一种幸福。我没有上九天揽月的伟大抱负，只愿做一株小草，虽没有鲜花的芬芳，却可以尽力让自己更加翠绿。

在人生的前行路上，也许会感到孤单，但我不会退缩。我愿在自己的世界里，将文字雕琢成风景，默默守望，静待花开。

后 记

　　写着写着，这本集子就慢慢成形了。我把她看作我的第二个孩子，满怀喜悦去迎接她的降生。

　　本书收录了我近三年来的作品，从组稿、分类到定稿，过程庞杂，特别是筛选篇目时伤透了脑筋，最终，全书分为五辑。书稿初成时，如毛坯房般粗糙，校对工作很辛苦，但我仍尽心尽力改了又改。我觉得，对于一个写作者来说，对文字的态度，就是做人的态度。

　　我一度对自己的文字太仁慈，下不了狠手，即使删去不必要的部分，也感觉像是从自己身上割肉，但很多东西必须改，几轮修润之后，作品日臻完善，心不再柔软，自然，最后看着也顺眼多了。赘余的内容，大刀阔斧地"砍"去，那种感觉酣畅淋漓，心里格外清朗。在修改中反思，在反思中摸索，在领悟中成长，文字精进一点点，于人生，似乎进了一大步。

写作十余载，我最大的感受就是坚持的力量，唯有坚持，才能在文学的道路上走得更远。工作之余我从未停笔，这部作品，是在我承担初三繁重的教学任务期间完成的，实属不易。每一篇作品，我都尽心竭力，即使不完美，也是心血的结晶。

记得一位前辈说过："写作要坐得了冷板凳，耐得住寂寞。"我没有出众的才华，但我坐得了冷板凳，耐得住寂寞，把业余时间花在喜欢的文学上，是我最大的快乐。虽然文学不会带给我物质上的富足，但文学能让我的灵魂变得丰饶而坚韧，让我于迷茫中重拾生活的勇气。

若要概括我的写作生活，我想到一个词：成长。这些年，我在文字中摸爬滚打，在跌跌撞撞中不断成长。相较十年前的作品，显然现在的作品更加成熟。这几年，我慢慢学会克制表达情感，这是一种重要的写作能力，是我曾经最欠缺的。

本书能得以顺利出版，要特别感谢郭海鸿老师百忙之中阅读我的拙作并撰写他序的内容，还要感谢文友段作文、曾楚桥、李少红以及老同学张景平为本书提出的切实建议，同时，也感谢为这本书付出心血的编辑老师以及亲友们的鼓励。

感谢深圳这座充满活力的城市，让我从流水线走向讲台，让我在文学的道路上越走越远。感谢多年来不断努力的自己。

人生长路漫漫，走得再慢也要一步步向前行进，不能辜负对文学的真爱。

本人能力有限，书中纰漏在所难免，祈愿读者多多宽容。

是为记。

媚子

二〇二二年一月写于深圳